ベリーズ文庫

御曹司様、あなたの子ではありません！
～双子がパパそっくりで隠し子になりませんでした～

伊月ジュイ

STARTS
スターツ出版株式会社

目次

御曹司様、あなたの子ではありません！
～双子がパパそっくりで隠し子になりませんでした～

御曹司様、あなたの子ではありません！
～双子がパパそっくりで
隠し子になりませんでした～

プロローグ

空と海がオレンジに色づく。反対に周囲の建物は影と同化し、色を吸い取られたかのように黒い。世界が二色に染まる夕暮れのひととき。

三月の中旬、ここ東京湾《とうきょうわん》に面する海浜《かいひん》公園は、風が冷たく春とは程遠い寒さだ。浜辺を歩く物好きは、私たちくらいのものである。

コートの上からじわじわと侵食してくる冷気。けれど、繋がれた手は温かい。絡み合った指先に力を込めると、気づいた彼が覗《のぞ》き込んできた。

「そろそろ戻ろう」

私の体が冷えてきたと思ったのだろう、肩を抱いて車に向かおうとする。そんな彼を私は引き留めた。

「……もう少しだけ」

ふたりがようやく恋人になれた思い出の地、だからこそ離れがたい。

彼は困ったように微笑むと、私を抱き寄せて寒さから守ってくれた。

……たった一年。これまで一緒に過ごしてきた二十年を思えば一瞬のはずなのに、それでも寂しさが込み上げてくる。

「ひとりにさせてすまない」

彼が繋いでいた手を持ち上げて、私の手の甲にキスを落とす。

「謝らないでください」

私は慰めるみたいに、その手を握り返した。

「私は皇樹《こうき》さんが誇らしいんです。だから申し訳ないなんて、思わないで」

彼は久道《くどう》皇樹、私より三つ年上の二十八歳。旧財閥家の跡取りで、生まれながらにして巨大グループ企業の未来を背負っている。幼い頃から英才教育を受け、名門学校に通い、立派な後継者になるべく育てられた。

そんな彼が明日、日本《にほん》を発つ。海外支社の重要な役職につき、研鑽《けんさん》を積むのだそう。立派な経営者となるために避けては通れない道だ。

「聞き分けがよすぎるよ、楓《かえで》。……でも、ありがとう」

さらに強く引き寄せられ、全身が熱を帯びる。温かいのは、触れた体から温もりが伝わってくるだけでなく、彼の艶《つや》めいた眼差しに高揚しているせいかもしれない。

「覚えていてくれ。俺は楓を愛しているし、一生手放すつもりもない」

とびきり甘い蜜《みつ》のような言葉に震えが走り、彼の体を抱き返す。

『俺と一緒に来てくれないか』——そんな誘いを受けながらも断ったのは、このままではいけないと私自身が感じていたからだ。

私、芙芝《ふしば》楓は歴史ある紡績《ぼうせき》会社の創業家の出身。家柄を信頼され、五歳で皇樹さんの許嫁《いいなずけ》に選ばれた。

しかし私が大学生のとき、家業が立ち行かなくなり、父は経営から退《しりぞ》くことに。家名は失墜し、彼の許嫁と名乗るには相応《ふさわ》しくなくなってしまった。

それでも彼は、かまわないと言ってくれた。家名など関係なく、私自身を愛しているからと。

だから私は、せめて自立した女性として社会に認められようと、一般企業で働き始めた。彼の誘いを断ったのは、ここ日本で仕事に集中するため、延《ひ》いては彼に相応しい女性になるためだ。

寂しいなんて甘えたことは言っていられない。けれど、そんな強がりさえ見透かすように彼が囁《ささや》く。

「一年だけ、待っていてくれ」

彼は自身のポケットから、手のひらに収まるくらいの小箱を取り出す。

「一年経ったら帰ってくる。だから——」

そう言って小箱を開くと、中には大粒のダイヤの載ったリングが収まっていた。

夕日を受けて強くオレンジ色に輝くそれに、私は息を呑《の》む。

「愛している、楓。結婚しよう」

見上げれば、真摯な眼差しがあり胸が熱くなった。

「嬉しい……」

ぽつりと素直な言葉が漏れる。輝くダイヤのリングが、彼の確かな愛を証明してくれている。

「本当に、皇樹さんはそれでいいんですか？　私と結婚して、後悔しない？」

彼は歴史ある大企業の経営者一族に生まれ、今まさに跡取りになろうとしている。

私と到底釣り合うような人じゃない。それなのに――。

「楓しかいない」

情熱的にそう言って、なんの肩書きも持たない私を抱きしめてくれる。

未来に怯《おび》えているのは私だけなのかもしれない。彼は私を信じ、愛してくれている。

「わかりました。じゃあ私と、結婚してくれますか？」

あらためてそうお願いすると、彼はようやく口もとに笑みを浮かべた。

「俺の台詞《せりふ》を奪わないでくれ。プロポーズしているのは俺だよ」

彼は私の左手を持ち上げ、輝くリングを薬指に滑らせる。

「必ず幸せにする」

「私も。皇樹さんに相応しい立派な女性になります」

「もう充分、楓は魅力的だ」

そう誓い合って約束のキスをする。彼とは数えきれないほどキスをしているのに、いつだってドキドキしてふわふわして新鮮に感じられるから不思議だ。

「好き」

『愛してる』が照れくさくて、子どものような表現でごまかすと。

「知ってるよ」

お見通しとばかりに深い口づけをお見舞いされてしまった。

それから私たちは海の見えるホテルに移動して、最上級の部屋で夜景を眺めながらひとときを過ごした。

シャワーを浴びて体を温めたあと、彼が買ってくれたミントグリーンのワンピースに袖を通す。

ドレスのようにラグジュアリー、でもシンプルなデザインで肌触りがよく、リラックスできる一着だ。私の白めの肌には、このミントグリーンがよく似合うらしい。

日本人にしては色素が薄く、髪も目も生まれつき茶色。とくに子どもの頃は顕著で、よく欧米の血を引いていると間違われた。家系図で見ると四代前にフランス人女性がいたらしいから、隔世遺伝《かくせいいでん》したのかもしれない。

とはいえ、大人になればそれほど目立たない。色白で髪を茶色に染めている女性なんていくらでもいる。

身長は一六六センチと大きめではあるけれど普通。顔立ちも若干目鼻立ちがはっきりしている程度で、一般的な日本人である。

「楓。おいで」

彼がベッドに半身を埋めながら私を招く。

彼のほうがよほど日本人離れした美貌を持っている。身長一八五センチで、広めの肩幅と長い手足は、私の体をすっぽりと包み込んでしまえるほど大きい。

艶やかな黒髪に、意志の強そうな眉、知性を感じさせる漆黒の目。すっと通った鼻筋に形のいい唇がバランスよく配置されていて高貴な印象だ。

表情からも育ちのよさと気高さがにじみ出ている。そんな彼が私の恋人だなんて、ちょっと贅沢すぎると思う。

「明日を思うと、眠るのがもったいないよ」

目を瞑《つむ》ればすぐに時が経ち、別れの時間になってしまう。

「本当は、とっても寂しい」

素直にそう打ち明けると、彼は頼もしく私を抱き寄せた。

「大丈夫だ」

そのまま私の顎を持ち上げて、口づけを落とす。

「ん……」

思わず喉の奥から声が漏れる。ちょっぴり性急なキスは、彼の本心を表しているのかもしれない。

「皇樹さん……」

「楓。愛してる」

そんな甘い言葉を囁いて、彼は私をベッドに組み敷いた。途端に甘い痺《しび》れが体を駆け抜ける。

「ああっ――」

不安なんて吹き飛ぶほど、深く熱烈に交わり合い眠りにつく。逞《たくま》しい彼に抱かれて眠る夜は幸せで、迫りくる寂しさを一時的に忘れることができた。

翌日、ホテルをチェックアウトして、その足で空港へ。あっという間に別れの時間がやってきた。

「すべてを終えて帰国したらもう離さない。二度と」

出発ロビーで別れを惜しみながら、じっと私を見つめて宣言する彼。

その言葉が聞ければ、寂しくてもこれからの一年を乗り越えられる気がした。私はこくりと頷く。

「皇樹さんが帰ってくるのを待っています。ずっと、ずっと待っていますから」

約束のキスを交わして彼を送り出す。ひとり残された私は、空港の展望デッキから彼を乗せた飛行機が飛び立つのを見守った。

左手の薬指には輝くダイヤのリング。永久の愛を誓ったその石にそっと口づけて、無事に再会できる日を夢見た。

皇樹さんの叔父、三条《さんじょう》洸《こう》次《じ》郎《ろう》さんに声をかけられたのは、一カ月後のことだ。

それから私は電話番号も住む場所も職場すらも変えて、皇樹さんの前から姿を消した。

お腹に宿った、愛しいふたつの命とともに。

第一章　極秘ベビーにパパの遺伝子が色濃くて

テレビから軽快な音楽が流れ始めた。朝の教育番組の体操曲だ。

『わくわく、じゃーんぷ♪　どきどき、きーっく♪　トカゲもパンダも元気だよ～♪』

音楽に合わせて踊っているのは、我が家の長男・柚希《ゆずき》。元気でわんぱくな二歳半。

一方、大人しく子ども用チェアに座ってテレビを見つめているのは、同じく二歳半の長女・柑音《かのん》である。

皇樹さんがイギリスに旅立った年の冬。双子の赤ちゃんを出産した。二十八歳になった私は、シングルマザーとして子どもたちを育てている。

ふたりは二卵性で性別差こそあるけれど、外見はそっくりだ。黒々とした艶やかな直毛を、柚希は短く切り揃え、柑音はサクランボの髪飾りで三つ編みにしている。

柚希はきりっとした眉に、意志の強そうな目。柑音は、ちょっぴりハの字になった困り眉に、きょろんとしたキュートな瞳。ふたりとも目の色は漆黒で、私のブラウンとは全然違う。完全に父親似である。

……私の遺伝子、どこ行っちゃったのかなあ。

ちょっとくらい似てくれてもよかったのになあ、と寂しい気持ちになる。とはいえ、外見に関係なくかわいいのだけれど。

　性格は真逆で、心のままに歌って踊る柚希と、じっと観賞するタイプの柑音。柑音は大人しくて泣き虫で、一応お姉ちゃんのはずなのに、いつも弟の柚希に泣かされている。

　——と、のんびり眺めている場合ではなかった。家を出るまであと十分、ラストスパートをかけなければ。ふたりがテレビに気を取られている間に、リビングの片隅で超高速メイクを施《ほどこ》す。

　エンディング曲が始まって、歌のお兄さんとお姉さんの美声が響き始めた。ふたりが夢中になってくれている間に、急ぎ寝室に向かい服を着替える。

　六月の下旬、梅雨とは思えないほど暑い気温が続いていて、服はすっかり夏仕様。子どもたちはTシャツにショートパンツ、私は涼しげなペプラムトップスに綿《めん》の七分丈パンツを穿《は》く。

　今日は親子でリンクコーデ。トップスは三人ともギンガムチェックで、柚希が青、柑音が赤、私が黒だ。ボトムスは揃ってベージュ。

　これらは私が勤めている子ども服のセレクトショップで取り扱っていて、この夏のイチオシ商品である。

普通に買うと結構なお値段なのだが、特別にいただいた。もちろん社員とはいえ、無料で服をもらえるわけではなく、ちょっとした条件を呑むことで支給されるのだが——家計が厳しいのでとても助かっている。

着替えを済ませ、髪をうしろでねじってローポニーにして準備完了。リビングに戻ると、テレビの中のお兄さんお姉さんたちが『バイバーイ！』と手を振っているところだった。双子たちもテレビに向かって仲良く手を振る。

私は急いでふたり分の荷物を玄関に運ぶ。月曜日なので洗濯したてのお昼寝用シーツとタオルも持っていかなければならず、いつも以上に荷物は山積みだ。

「さ、ふたりとも。保育園に行く時間だよ。おもちゃは箱に？」

「「おかたづけー」」

コールアンドレスポンスが成功し、ふたりはおもちゃを部屋の隅にある箱の中に片付けに行く。そのまま、ドタタタタターと大きな足音を響かせて玄関へ。

「はーい、じゃあ今日もパチリするよ」

号令をかけると、ふたりが靴箱の前に並んだ。私はふたりの横に立って、自撮り用のスティックにスマホを設置して構える。

「いくよー。背筋ピーン！」

リモコンのボタンを押すと、パチリとスマホからシャッター音が鳴って撮影完了。

これが服を無料で譲ってもらうための条件だ。親子でコーディネートした写真を店のブログにアップして宣伝するのである。モデルを使った本格的な広告とまではいかなくても、これだけでオンラインショップの注文数が上がるので侮《あなど》れない。

写真を撮り終え、双子用のベビーカーに荷物を積み込み、いざ保育園へ出発！　のはずが――。

「ゆず、こっちにのる」

柚希がベビーカーの左側を指さす。通園路的に車がよく見えて楽しいらしい。

「かのんも」

柑音は柑音で、公園の花が見やすいという理由で左側がいいのだそうだ。

「ちがうよ、ゆずだよ」

「かのんだもん」

柑音がふえぇ……と悲痛な嗚咽《おえつ》を漏らし、不穏な空気が漂い始める。

「昨日は誰が左に乗っていたの？」

私が尋ねると、ふたりはそれぞれ手を挙げた。正直、私もよく覚えていない……。

ジャンケンで決めてと言いたいところだけれど、柑音はまだパーしか出せないし、それを知っている柚希はチョキを出すので、ちょっぴりかわいそうだ。

「困ったねえ。右に乗ってくれる優しいお姉さん、お兄さんはいないかなあ?」

わざとらしく尋ねてみると、ふたりは「……ぼく、こっちでもいいよ」「……かのんも」と少々不満そうながらも譲り合ってくれた。

「ふたりとも、とっても優しい! じゃあ、今日は柚希が右で、明日は柑音が右にしよう。ママ、覚えておくからね」

はーいという元気な声が響く。

ひと安心してふと時計を見ると、時間ギリギリ。私は内心ハラハラしながら、ベビーカーを押してマンションを出た。


「おはようございます! 遅くなって申し訳ありません!」

出社時間ギリギリでスタッフルームに飛び込むと、四人がけのテーブルの奥側でノートパソコンを開いていた女性が顔を上げた。

「おはよう〜。って、全然セーフじゃない?」

そう言ってパソコン画面の時計を確認し、朗らかに笑ったのは、この店のオーナーである木下莉々子《きのしたりりこ》さん、五十歳だ。

フランスやイタリアのショップに足を運び、ときにはデザイナーのアトリエに直接赴《おもむ》き、親子で着られるかわいい服を買い集め、セレクトショップ『ファニーグランマ』を立ち上げたのが三年前だそう。

店のコンセプトは『娘と孫に着せたい服』、それがショップ名の由来にもなっている。

「今日も朝からひと仕事、大変だったわね。お疲れ様」

朝なのにお疲れ様――まるで出社するまでの戦いを見てきたかのような口ぶり。

自身も忙しい朝を経験してきたから、よくわかるのだろう。子育てに理解があり、働くママさんの味方だ。

出勤時間はいつでもいいとは言われているが、私の場合は朝九時に来て、開店の十時まで事務作業や陳列を手伝わせてもらっている。

ブログの管理も私の仕事。さっき親子で撮った写真もパソコンで軽く加工を施してアップする予定だ。

「あ、その服、着てくれたのね。着心地《きごこち》はどう？」

オーナーが私の服装を見てこちらにやってきた。屈《かが》んだり遠ざかったり、いろいろな角度から着用の具合を観察するので、手を広げてくるりと回ってみせる。

「とにかく軽くて涼しいのがいいですね。動きやすいですし」

朝、子どもたちと一緒に撮った写真を見せると、オーナーは「かわいい〜！　三人とも最高」と手を叩いて大喜びしてくれた。

「ふたりも喜んで着てました。色がわかりやすいのがいいのかも」

子どもたちが率先して着てくれると、母的には大助かりなのだ。ぐずる子に服を着せるのは大変だから。

「嬉しい〜。子どもたちにも気に入ってもらえるなんて」

「お母さんたちにも刺さると思いますよ。このトップス、シルエットが上品なのでラフになりすぎませんし、普段はもちろん、お仕事やお出かけでも着られますから」

「うんうん、動きやすさは必須だけど、きちんと見えるのも大事よね〜」

オーナーは二十代の頃にモデルをしていたそうでファッショナブル。流行にも敏感で、今のママさん世代にもピタッとはまる服を選ぶのだから見事だ。

「いや、ほんとに。この親子コーデをイタリアで見つけてきた私、天才じゃない？　グッジョブだわ！」

自分のことも、他人のことも爆褒めする。自己肯定感が高く、とにかく幸せオーラに満ち溢れている人で、見ていて気持ちがいい。こちらまで不安が吹き飛んで元気になれる。

シングルマザーは決して楽ではないけれど、それでも毎日子どもたちと笑って暮らせるのは、彼女のポジティブさに少なからず救われているのだと思う。

「さっそくブログにアップしますね」

「お願いね。反応が楽しみ！」

彼女の斜め向かいに座り、ノートパソコンを開く。写真の少し暗くなっていた部分にライティングの加工を施し、色を見やすくして、仕上げに三人の顔を隠した。

ブログの本文には商品情報。素材にサイズ展開、値段、それから着心地と子どもたちの反応も。

「アップロード完了、と」

ブログの管理を終わらせたあと、オンラインショップの注文を確認。発注の準備をする。

あっという間に開店三十分前。出勤してきたのは私と同じ子育て中のパート社員、吉原《よしはら》さんだ。すかさずオーナーが声をかける。

「おはよう、吉原さん。お子さんの風邪、大丈夫そう？」

吉原さんは先週の金曜日の午後に、息子さんの急な発熱で早退した。翌日は通院のためお休みで、体調が気がかりだった。

「急に休んじゃってすみませんー！　結局風邪じゃなくて中耳炎《ちゅうじえん》だったみたいで。ようやく熱も収まって、学校に行けたんですよ」

「中耳炎って繰り返すのよね。また熱が上がるようなら遠慮なく休みなさいね？　こっちは心配しなくて大丈夫だから」

「いつもすみません、助かりますー」

子どもの急病でお休みするママさんも多いから、オーナーはあらかじめ充分な人数でシフトを組んでいる。

普段は従業員が多いからといって誰かが暇になるわけでもなく、接客や陳列のほかにも、オンラインショップの管理や在庫のチェック、店内装飾やチラシ作りなど、そのときできることをみんなでこなしている。

人手が足りないときはオーナー自身も接客に回るし、彼女の娘さんがヘルプで入ってくれることも。

そんな感じでこの店は回っていて、お客様ファーストであると同時に、従業員ファーストでもあるのだ。

だから私たち従業員はオーナーを心から慕っている。この店で働き始めて二年になるが、辞めたいと思ったことは一度もない。できる限り力になりたいと思う。

続いて出勤した岡本《おかもと》さんと四人で売り場に向かうと、オーナーは手をパンパンと叩いて号令をかけた。朝礼の時間である。

「いつも通り売り場の清掃、整頓《せいとん》をお願い。私は裏で事務作業してるけど、なにかあったらいつでも呼んでちょうだいね」

ざっと今日一日の段取りを確認し、開店準備に入る。

入り口から一番近い棚には、今、私が着ている親子のリンクコーデが陳列されている。ギンガムチェックのトップスと、ベージュのボトムスを並べながら、売れるといいなあと願いを込めた。

その日の午後、ブログを見たお客様がさっそく来店し、親子コーデの上下をセットで購入してくれた。オンラインショップの注文も順調に入ってきている。

十八時、閉店よりもひと足早く、私の勤務時間終了だ。上がらせてもらい帰宅の途に就く。

駅に着いてふとスマホを見たところで、新着メッセージに気づく。

【仕事が早めに終わったから、子どもたちを迎えに行く】

そうチャットを送ってきたのは、ふたりの父親――では、ない。

私の双子の弟・芙芝紅葉《もみじ》、二十八歳。職業は投資家。企業には属さず、個人で株や為替《かわせ》、不動産、暗号資産などを幅広く運用しているそうだ。学生の頃にトレーダーとして成功し、それを元手に投資を始めて、今では結構な高収入を得ているらしい。

とはいえ就職していない分、不安定な仕事ともいえる。

昔気質《かたぎ》な父親には嫌がられて、私と同様、勘当《かんどう》されてしまった。勘当された者同士、助け合って生きている。

家の鍵は念のためにとお互い交換していて、彼は気まぐれに子どもたちを見に来てくれたり、お迎えを手伝ってくれたりする。

【今どこ?】と送ってみると、ややあって既読になり、写真が送られてきた。

弟の紅葉と、その足もとで柚希と柑音がピースをしている。柑音がやや涙目なのが気になるところだが……また柚希と喧嘩したのだろうか。

三人のうしろには、メタルオレンジのミニバン。紅葉が私たちを乗せて走れるようにと買ってくれたもので、真ん中の座席にはチャイルドシートがふたつ設置されている。そのうしろには双子用のベビーカーを折り畳んで収納できる。

「また右に乗るか、左に乗るかで揉《も》めてないといいけど……」

写真に苦笑しながら、私は【ありがとう】とメッセージを送り、自宅に直行した。

マンションの二階にある自宅のドアを開けると、双子が飛び出してきた。

「「おかえりなさーい」」

「ただいま柚希、柑音。ふたりとも、ちゃんと紅葉兄ちゃんの言うこと聞いて、いい子にしてた？」

「「うん！」」

すると、ふたりのうしろからエプロン姿の紅葉がやってきた。トングを手にしていて、びっくりする。

「姉ちゃん、おかえりー」

私と同じ白めの肌に茶色い目。二卵性ではあるけれど外見が似ている。フランスの血が強いのか、身長は兄たちと比べても抜きん出ていて、一八〇センチもある。

姉の私が言うのもなんだが、そこそこのイケメンで高収入。女性が放っておかないと思うのだが、浮いた話をまったく聞かないのはちょっぴり心配だ。

結婚しないのが、私たちのせいではないといいのだけれど……。

「って、まさかお夕飯作ってたの？」

弟が料理をするとは思わず、驚いて尋ねると。

「デリバリーのご飯を皿に分けてた。子どもたち、肉団子なら食べられるんだよね？」

そう言ってトングをカチャカチャ鳴らす。なるほどと納得し、靴を脱いだ。

「うん、大丈夫。いつもありがとう」

リビングに向かうと、ローテーブルの上にはデリバリーのプラスチックパックと子ども用の小皿。取り分けている真っ最中のようだ。

紅葉はトングとキッチンバサミを使って、器用に子どもたちのお皿によそっていく。

「肉団子はでっかいから半分こしてー。野菜スープは味が濃そうだからちょっとお湯で薄めようかー」

「ゆず、たまご、すきー！」

「はいはい、みんな大好きなオムレツもちょっききんちょっききん。ブロッコリーはちっちゃくちぎちぎしましょう」

「かのん、ぶっこりい、きらい〜……」

「なに言ってんの、栄養もりもりだよ、ぶっこりい。んで、ご飯をまん丸に盛ったらスペシャルお子さまランチの完成でーす」

大人用のデリバリーを器用にアレンジして、お子さまランチを作り上げる。

子どものいない紅葉に二歳児のご飯なんてさっぱりわからないはずだが、私が作る食事を見て、なにをあげていいか、あげちゃいけないのか、覚えてくれたみたいだ。

「本当に助かるよ。紅葉」

食卓に合流すると、紅葉はエプロンを外しながら「手料理なんてできないけどねー」と苦笑した。

「姉ちゃんはすごいよ。仕事から疲れて帰ってきて、ひとりで子どもたちの面倒見ながら晩ご飯手作りして。夜中も作り置きで忙しいんでしょ？」

「出来合いのものは高いからね……とにかく節約」

私しか働いていないこの状況で、エンゲル係数を上げるわけにはいかないのだ。

すると、紅葉は膨《ふく》れっ面《つら》をしてこちらに向き直った。

「じゃあさ、やっぱり一緒に暮らさない？　俺が家賃と光熱費出して、姉ちゃんはもうちょっと仕事の量を減らしてさ。家事もできるようにすればいいんじゃない？」

「それは……ダメだよ」

一緒に暮らしていた時期もあった。出産前後は体調が不安定だったから、紅葉の家に居候《いそうろう》していたのだ。

しかも双子のお世話は過酷だ。おむつ替えやミルクも二倍、お風呂や着替えも二倍、夜泣きも二倍なのだから。もはやひとりでどうにかできるレベルではなく、紅葉にたくさん助けられた。

紅葉は仕事柄、家を出ることはほとんどなく、自室で黙々と投資の仕事をしている。しかし、子どもたちが泣いていれば部屋から出てきて子育てを手伝わざるを得ないので、集中できる状況じゃない。加えて、夜も騒がしくて眠れない。

紅葉は文句こそ言わなかったけれど、疲弊《ひへい》しているのが見て取れたので、収入の目途が立った時点で彼の家を出たのだ。

「ふたりが赤ちゃんのときは、紅葉にたくさん助けられた。だからもうダメ。これ以上、迷惑かけるわけにはいかない」

「迷惑なんてなー。俺、柚希も柑音も大好きだしなー」

なー？なー？と言って柑音の頭を撫でながら、柚希と顔を見合わせて輪唱《りんしょう》している。

そうは言うものの、私が紅葉に頼りきりになっちゃったら、紅葉が幸せになれないでしょう？　これからお嫁さんを見つけて家庭を作って幸せになっていくはずなのに、それを私が邪魔するわけにはいかない。

黙り込む私を見て説得をあきらめたのか、紅葉は子どもたちと一緒に食事を始める。

私が折れないのはわかっているのだろう、これまで幾度となくそう持ちかけられてきたけれど、一度もイエスとは言わなかったのだから。

「姉ちゃんって強情《ごうじょ》っぱりだよなー。甘えてくれていいのに。世界でたったひとりの双子の弟なんだからさ」

「ごうじょおぱりー」

「ごじょ……ぱり？」

とりあえずノリで連呼する柚希と、きょとんとする柑音。私たちの会話内容の九割はわかっていないだろう。

「たまに来てくれるだけでも、すごく助かってるよ」

こうやって月に数回、顔を覗かせてくれるだけですごく心強いのだ。体力的にも、精神的にも。

「了解〜。あ、じゃあさ、次の日曜日、お出かけする？　車出すよ」

またしてもありがたい提案。休日、ひとりでふたりを相手にするのは大変なので、紅葉がいてくれるととても助かる。車があると、さらに便利だ。

「姉ちゃんは買いたいものとか、行きたいとことか、ないの？」

「行きたいとこ……か」

不意に思いついたのは、かつて愛した人と過ごした思い出の場所。すっかり忘れていたはずなのに、なぜだか今日に限って頭に浮かんできた。

子どもも遊べる素敵なところだから、ふたりを連れていったらきっと喜んでくれる。

「ひとつ、行きたいところがあるんだけど……いい？」

そう言って私は、思い出の地を提案した。


次の日曜日、私たちは紅葉の車で海浜公園に向かった。家から東京湾まで約三十分、車を走らせる。

「ほーらふたりとも、海が見えてきたぞお」

運転席でハンドルを握りながら、紅葉が揚々《ようよう》と叫ぶ。柚希も柑音も窓の外に広がる海に釘づけだ。チャイルドシートから必死に身を乗り出して眺めている。

「うみー！」

「はしー！」

見るものすべてが初めてで、普段は大人しい柑音ですら大きな声をあげて興奮している。この場所を選んでよかったと、私はこっそり息をついた。

車を駐車場に駐めて、浜辺に向かって散策路《さんさくろ》を進んでいく。

手すりの向こうは海。子どもたちの手を離したらぴょんと海に飛び出していってしまいそうなので、私は柑音の手をしっかりと握る。

柚希の手は紅葉が握っていてくれる。暴れん坊ですぐに駆け出す柚希は、体力のある紅葉が見ると役割が決まっていた。

案の定、ゆっくり歩きに耐えられなくなった柚希が紅葉を引きずるように走り出し、ふたりは砂浜に飛び出して波打ち際に向かっていった。

「柑音も行こうね？」と声をかけてみたら、彼女にしては珍しく目をキラキラと輝かせて頷く。

六月下旬の曇り空。寒くもなく、暑すぎもせず、遊ぶにはちょうどいい気温だ。日曜日ということもあり、砂浜はそれなりに混雑している。ふたりと同じくらいの歳の子も多い。

しばらくすると、砂遊びをしている子どもたちが羨ましくなったみたいで、ふたりもしゃがみ込んで山を作り始めた。

「こんなこともあろうかと。じゃーん」

紅葉がバッグの中からバケツやシャベルなどの砂遊びセットを取り出す。こういうところ、本当に用意周到で感心する。

ふたりは巨大な砂場を相手にきゃっきゃと遊び始めた。私と紅葉はその脇にシートを敷き、腰を下ろして見守る。

「姉ちゃん」

ふとあらたまって紅葉が切り出してきたので、私は「なに？」と首を傾げた。

「ここって、皇樹さんと来てた場所だよね」

彼の口からまさかその名前が飛び出すとは思わず沈黙する。皇樹さんは私の許嫁。家族ぐるみの付き合いで、当然紅葉も面識がある。

「大学くらいのとき、嬉しそうに話してたじゃん。海辺をデートしたって」

「そうだっけ」

「ねえ。あのふたりは皇樹さんの子どもだよね？」

突然鋭く切り込んできた紅葉に、うまく反応できなくて戸惑う。

「……どうして、皇樹さんの子どもだと思うの？」

「いやだって、ふたりを見ればわかるでしょ。とくに柚希。小さい頃の皇樹さんにそっくりじゃん。そもそも皇樹さん一筋《ひとすじ》だった姉ちゃんが、ほかの男と付き合うとか考えられないし」

確信的な口ぶりで言う。とくに幼い頃の皇樹さんしか知らない紅葉にとって、柚希はあの頃の彼、そのままに見えているのかもしれない。

「どうして結婚しなかったの？」

「どうしてって……そりゃあ。相手はあの久道グループの――」

「そもそも、子どもができたって、皇樹さんに伝えてないんじゃない？」

再び黙り込む。沈黙を肯定と判断したのか、紅葉は深く息をつく。

「姉ちゃんのことだから、いろいろ考えた上なんだろうけど。でも、それって本当に相手のためになってる？　ちゃんと打ち明けて相談すれば、姉ちゃんと子どもを優先してくれたんじゃないの？」

それはもちろんわかっているけれど、頑《がん》として譲る気はなく、静かに答える。

「真実を伝えれば、彼は必ず苦しむ。きっと自身のすべてをなげうってでも、私や子どもたちを優先してくれたと思う。でも、それは嫌なの。わかるでしょう？」

紅葉は膝の間に顔を埋めて「わかるけどー……わかんない」と不満をあらわにした。

「姉ちゃんが頑固なことだけは、よくわかってる」

「結局、紅葉にばっかり迷惑をかけることになっちゃった。ごめんなさい」

「別にいいよ。そこまで無理してるわけじゃないし」

紅葉はむくっと頭を起こして、無邪気に遊ぶふたりに目線を向ける。

「申し訳ないって思うんだったら、将来俺が結婚して式を挙げるときは、姉ちゃんたち三人で親族席賑《にぎ》わしてよ。親族誰もいないってのも相手に悪いでしょ？」

うちの両親は投資家という仕事に否定的だ。会社に属して働く、あるいは投資家として起業し、従業員を雇うようになれば認めてくれるのかもしれないが、フリーで気ままに働くスタイルが父には理解できないらしい。

年収だけなら、紅葉は社長だった頃の父以上に稼いでいるのに、一人前と認めてくれない。このご時世、企業に勤めたって安定しているとは言えないのに、いまだ終身雇用に固執《こしつ》している。

だからこそ家業も潰れてしまったのだろう。その反省をまったく活かせていないのが悲しい。

当然、結婚をしていないのに妊娠した私にも否定的で、紅葉ともども勘当されてしまった。『出来の悪い双子』というレッテルを貼られて……。

「だったら、お兄ちゃんたちも連れていくよ。お兄ちゃんたちは投資家って仕事に抵抗はないんでしょ？」

「まあ、兄ちゃんたちは理解してくれてるよ。むしろ『株の儲け方、教えて』って言われたくらい。けど、父さんのご機嫌とんなきゃいけないだろうし」

「蓮《れん》兄は来てくれるよ。私たちが勘当されたときも庇《かば》ってくれたもの」

芙芝家の長男・蓮。常識人でしっかりしているため、両親から圧倒的な信頼を得ている。そんな蓮兄は今でも『勘当はおかしい』と父に訴えてくれているらしいが、父は私以上に頑固なので聞く耳を持たない。

「ま、勘当された者同士、持ちつ持たれつやっていこう」

そう言って紅葉は子どもたちのところに向かう。

持ちつ持たれつっていうか、持たれてばかりなんだけど。いつか彼の役に立てる日もくるといいな、そんなことを思いながら、深刻な話題で重たくなった腰を上げ、三人の砂遊びに合流した。

ひとしきり遊んで、夕暮れが近づいてきた。このあとも、お夕飯、お風呂、寝かしつけとやることが盛りだくさんで、そろそろ帰らなくてはと、荷物を片付ける。

「あー疲れた。柚希も柑音も疲れただろ？」

「ううん」「げんき」

「えー」

子どもたちに付き合わされてすっかりヘトヘトの紅葉がげんなりと肩を落とす。

当の子どもたちは疲れを自覚していないらしく、まだまだ元気いっぱいだ。だが、これまでの経験からいって、車に乗せた途端にぐっすり眠ると思う。

駐車場に向かう道を歩いていると、ふと柑音が私の手をくいくいと引っ張った。

「どうしたの、柑音?」

柑音は頭の上に手を置いて「ぼうし……?」と不思議そうな顔をしている。

「え、帽子、いったいどこに……」

さっきまで被っていたはずの柑音の帽子はどこへ消えたのか。

驚いて辺りを見回すと——あった。来た道にぽつんと白い帽子が落ちている。小さくて軽い綿素材の帽子は、今にも風に吹かれて飛んでいってしまいそう。

私は柑音に「ここで紅葉兄ちゃんと一緒にいて」とお願いすると、帽子に向かって駆け出した。

五十メートルくらい小走りしただろうか。

「よい、しょ」

息を切らしながらも、なんとか柑音のお気に入りの帽子を回収する。三人のもとに戻ろうと、顔を上げたとき。

「楓……?」

道の反対側から声をかけられ、私は咄嗟《とっさ》に振り向いた。

立っていたのは黒いスーツを身に纏《まと》った男性。その脇に停まっているのは白くてスマートなフォルムの高級車。見るからに品のいい出で立ちをしている男性から、愛する人の面影《おもかげ》を感じ取り、呼吸が止まりそうになった。

「……皇樹さん？」

まさかという思いが駆け巡る。彼は海外にいる。ここにいるはずがない。これは私の願望が見せている幻だろうか。

だが、あれだけ愛した彼を見間違うわけもなく。意志の強さと知性を併せ持つ端整な顔立ちも、気高い立ち姿も、すらりと長く伸びた脚も――幻でもお化けでも人違いでもなく、本物の皇樹さんだと思い知る。

「楓！」

確信を持った声で名前を呼ばれ、びくりと肩が震えた。彼が駆け寄ってきて、すかさず腕を伸ばし私を抱きすくめる。

「ずっと捜していたんだ」

久しぶりに聞く甘い低音ボイスに耳の奥が痺れた。熱烈な抱擁に頭の中が真っ白になって、今自分がなにをしていたのかも吹き飛ぶ。

せっかく拾い上げた帽子が、指先をすり抜けて再びぽろりと道に落ちた。

「皇樹さん……どうして、ここに」

「連絡が取れなくなってから、何度も楓を捜しに日本に来ていたんだ。ここに来れば会えるんじゃないかと藁《わら》にも縋《すが》る思いで足を運んで――ようやく会えた」

その感極まった言葉から、本気で私を捜してくれていたのだと理解する。

でも、どうして今さら私を捜していたのだろう？

「もう、日本には帰ってこないのかと……」

「俺は待っていてほしいと言ったはずだ。帰ってきたら結婚しようと」

『結婚』という言葉に驚き絶句する。彼と一緒になるのは不可能だと、とっくにあきらめていたから。

なにしろ彼は家業を継ぐために、イギリスに住む良家の令嬢と婚姻を交わしたのだ。

なのに、なぜ結婚だなんて言い出すのか。動揺から鼓動が速まってくる。

「三年も待たせることになって悪かった。すべて説明しようと思っていたんだが、君は俺の前から姿を消してしまって――」

ぎゅっと私を抱きすくめたまま、言い募《つの》る彼。

そのとき、足もとになにかがドンとぶつかってきて、彼は言葉を止める。

目線を下げると、いつの間にか柚希と柑音が私たちを取り囲んでいた。柚希は頬を膨らませて皇樹さんの脚を抱え込み、柑音は涙目で私の脚に縋りついている。

「ママをいじめるな！　このわるもの！」

「ママをはなしてぇ～……」

皇樹さんは面食らった顔で「ママ……？　わるもの……？」と繰り返す。

そのうしろから、紅葉が「ふたりとも！」と慌てたように駆けてきた。「すみません！」と謝罪して、足もとのふたりを抱きかかえる。

「君は――」

紅葉が双子ではなくただの弟だったなら、彼がパパだと誤解していただろう。

しかし皇樹さんはすぐに、私とそっくりな容姿を持つ彼の正体に気づいた。

「もしかして、紅葉くんか……？」

紅葉のほうもピンときたらしく「……ども。お久しぶりです」となんとも言えない顔で挨拶する。

沈黙を打ち破ったのは、子どもたちだった。

「もみじにいちゃん！　ママをいじめる、わるものだよ！　やっつけて！」

いつも以上に達者《たっしゃ》な口調で柚希が叫ぶ。

「ふえぇ……もみじにいちゃん、たすけてぇ。ふえぇぇぇ……」

柑音も半泣き——いや、ほぼ全泣き。

「え？　ああ、大丈夫だよ、ふたりとも。このお兄さんはママのお友だちだから」

「おともだち？」

「ほんと？」

子どもたちが疑わしげな眼差しを皇樹さんに向ける。突如現れてママに抱きついた謎の男——不審がって当然だろう。

皇樹さんはどうしたものかと一瞬悩んだようだが、ふたりの顔を見て動きを止めた。

「この子たちは——」

艶やかな漆黒の髪。とくに柚希の、意志の強そうな眉と凛々しい目、引きしまった口もと、白いながらも健康的な肌色。『小さい頃の皇樹さんにそっくりじゃん』——先ほど紅葉が口にした言葉を思い出し、蒼白になる。

……これは、まずい。彼の子どもだとバレるわけにはいかない。

私は咄嗟に「失礼します！」と大きく一礼すると、柚希を抱きかかえ、柑音の手を引いてそそくさとその場をあとにした。

「って、え？　ね、姉ちゃん⁉」

困惑した声をあげたのは紅葉だ。彼までも置き去りにして、私がその場を立ち去ったから。とにかく逃げなければと、それしか頭にないほど切羽詰《せっぱ》まっていた。

「楓！　待ってくれ、その子たちは……！」

背後から皇樹さんの制止する声が聞こえてくるけれど、それすらも無視してひたすら足を速める。

先に駐車場に辿り着き待っていると、紅葉が遅れてやってきた。

「急に逃げるんだもんなあ」

後頭部をかきながら、まいった顔で歩いてきて、車のロックを解除する。

「ごめん。慌てちゃって。……その、皇樹さんは？」

「子どもたちの手前、帰ってもらったよ。話なんてできる状況じゃないし」

そう言って胸ポケットから一枚の名刺を取り出す。【久道皇樹】の名前の上に会社名と役職名がたくさん並んでいる。今、彼はグループ内の多くの企業の代表取締役社長を務めているようだ。

無事に久道グループの代表になれたのかな……？

だがそれは同時に、良家の令嬢との政略結婚がうまくいったことを示している。

「いらない。捨てて」

名刺を受け取らず、柑音をチャイルドシートに乗せる。

紅葉は眉をひそめながらも、ここに名刺を捨て置くわけにもいかず再び胸ポケットにしまい、反対側のドアから柚希を乗せた。

「わるもの、やっつけた？」

きりっとした顔で尋ねてくる柚希に、紅葉は苦笑して頭を撫でる。

「だから悪者じゃないって。バイバイしてきただけだよ」

柚希はちょっぴり不満そうな顔。私と紅葉も車に乗り込み、自宅に向かって車を走らせた。

いざ走り出すと案の定、ふたりはすぐさま寝ついた。たくさん浜辺で遊んで疲れていたのだろう。ふたりが眠っているのをバックミラーで確認し、紅葉が尋ねてくる。

「本当に連絡、取らないでいいの？」

「うん」

その返答には微塵《みじん》も迷いがない。

「そう」

紅葉はさらりとそう応じて、運転に集中した。

第二章　優しい許嫁の隠された情熱

初めて彼と会ったのは五歳のとき。久道家で開かれた会食の場で、皇樹さんを紹介された。

「彼が皇樹さん。あなたの許嫁よ」

正面の席には、きちんとネクタイを締めた凛々しい男の子。同じ八歳の椿《つばき》兄よりもずっと礼儀正しく、落ち着いた印象だ。

これまで出会った男の子たちとは一線を画《かく》す佇《たたず》まいと、『許嫁』という聞き慣れないワード。私はきょとんと目を瞬かせる。

「お母さん、イイナズケってなに？」

兄弟の中で唯一会食に同席した紅葉が遠慮なく尋ねると、母は「将来結婚する方のことよ」と説明した。

私はこの人と結婚するのだと、ぼんやりと納得しながら食事をいただく。

久道家のシェフが作るお子様用フレンチを堪能し、嫌いなにんじんも嫌がらずにきちんと食べ、デザートのフルーツゼリーを味わい終えたところで。

「お父様。楓さんと紅葉さんに屋敷《やしき》をご案内してもよろしいでしょうか？」

皇樹さんが口を開いた。これまた椿兄と口調が全然違っていて驚く。皇樹さんのお父様がにっこりと笑って応じる。

「それならば楓さんをご案内しなさい。紅葉さんとご両親は私が案内しよう」

「わかりました」

皇樹さんは立ち上がり、私の座るところまでやってくると、手を差し出した。

「行きましょう、楓さん」

五歳の私には『案内』の意味すらよくわかっていなかったが、ただ差し出された手を本能的に握り返して、彼のあとについていった。

久道家の屋敷は広い。天井の高いエントランスに大きな食堂、厨房はシェフたちで賑わっている。そのさらに奥にはお遊戯《ゆうぎ》ができそうな広いホールがあり、緑豊かな中庭と繋がっていた。

「楓さんは花が好きですか？」

かしこまった尋ね方をされて、緊張しながら「すきです」と答える。

「でしたら、庭に行きましょう」

私の手をきゅっと握って、中庭の一角にあるレンガの小道をゆっくりと歩く。五月の中旬、庭園には色とりどりの薔薇《ばら》が咲いていて、見頃を迎えていた。

花を見るのも楽しいけれど、私が気になるのは皇樹さんだ。大きな瞳にきりっとした眉、幼いながらも精悍《せいかん》な顔立ち。教養の高さがにじみ出る振る舞い。ずっと見ていても飽きることがなく、むしろ目が離せなくなるような魅力を放つ〝特別〟な男の子。

喋り方すら普通とは違う。椿兄も柊《ひいらぎ》兄も蓮兄もそのお友だちも、そんな喋り方はしない。大きなお屋敷に住んでいると、自然とこうなるのだろうか。

私は思い切って、尋ねてみることにした。

「コウキさんは、オトナみたいに話しますね……？」

皇樹さんが驚いて目を丸くする。やや間を置いて、彼は突然くすりと笑みをこぼした。

「父さんが人前ではこうやって話せって言うから。でも、ふたりのときはやめようか」

突然、兄たちのような喋り方になった。でも、兄たちよりずっと優しくて丁寧な口調だ。やっぱりとても綺麗《きれい》だと思った。

「いつも通りでかまわない？　楓――ちゃん？」

「かえで、がいいです」

兄たちにもそう呼ばれているから、それが自然だと思った。皇樹さんが「じゃあ楓」と頷く。

「楓も『です』なんて使わなくていいよ」

「……うん」

私が頷くと、彼はそれでいいよと安心させるみたいに、にこりと笑った。手を引かれ、花盛《ざか》りの庭園を歩く。

「楓はどの花が好き？」

尋ねられ、咄嗟に目に入ったのは淡いピンク色の薔薇だった。

「ピンクがすき」

「じゃあ、この薔薇を花束にしてもらおう。ちょっとだけここで待っていて」

皇樹さんが呼びに行ったのは、園芸用の白い手袋をつけた庭師の女性だった。

「これを花束にしてほしいんだ。彼女にプレゼントするから」

「承知しました。こちらですね？」

女性は腰に下げた革ケースからハサミを取り出し、ピンク色の薔薇を十本程度カットする。

「切っていいの？」

「うん、そのために育てているから。昔はよく母さんも花束にしたり、お風呂に浮かべたりしていたよ」

そうなんだ、と私は頷く。『昔は』という表現に少し引っかかりを覚えたけれど、違和感の正体に気づかないまま、歩き出した彼らのあとについていく。

私たちは庭園の端にある園芸用の小屋に招かれた。棘《とげ》を抜いたり、葉を落としたりして、私が持つのにちょうどいいサイズのプチブーケを作ってくれる。

「はい、どうぞ。これからもよろしく」

皇樹さんが花束を私にくれる。ひとつひとつの花はふわふわして軽そうなのに、花束にするとずっしりと重さを感じる。

「ありがとう」

上品で愛らしいピンク色のブーケ。持っているだけで自分が大人になったような、素敵になったような気がして、不思議とうきうきする。

「重たい？　俺が持っていようか？」

「ううん」

なんとなく自分で持っていたくて、ブーケをぎゅっと抱きしめる。

それから私は、皇樹さんに連れられ、屋敷を一周ぐるりと回った。道が左右に分かれていたり、曲がり角があったり、まるで迷路のよう。こんなお屋敷に住んでいたら、毎日探検ができてわくわくするだろう。

家族のいる客間に戻る途中、私はふと気になっていたことを尋ねる。

「そういえば、コウキくんのお母さんは、一緒にお食事しないの？」

会食の場に皇樹さんとお父様しかいなかったのを不思議に思い尋ねてみたけれど、彼はふと微笑みながら眉を下げた。

「母さんは、俺が楓くらいの歳の頃に亡くなったんだ」

「え……」

幼いけれど、『亡くなった』の意味は知っていた。この世界から消えてしまうという意味だ。それはすごく衝撃的で、悲しい出来事だと思った。条件反射のように、目から涙がほろりと落ちてくる。

それを見た皇樹さんは「楓？　どうしたの？」と屈んで、私の顔を覗き込んできた。

「お母さんに、もう会えない？」

無意識に感情移入してしまっていたのだろう。まるで自分のことのように涙が止まらない。

それを見た皇樹さんは、ふんわりと微笑み、ゆっくりと私を抱きしめた。胸の前で抱えている花束を潰さないように、そっと丁寧に力を込めて。

「楓は優しいね。代わりに泣いてくれてありがとう。でも大丈夫、俺は悲しくないよ」

皇樹さんがどんな気持ちでいるのか、さっぱりわからなかったけれど、彼の温もりに包まれて背中をトントンされるのは、心地よかった。

なんの心配もいらない、そう思わせてくれる抱擁だ。

「許嫁なんてよくわからないって思ってたんだけど。いつか結婚する相手が楓でよかった」

皇樹さんがぽつりと独白する。その言葉の意図をきちんと理解できたわけではないけれど、少なくとも私も結婚するなら彼がいいと思った。

それから私たちは両親や紅葉の待つ客間に戻った。

両親は薔薇の花に驚き感動したけれど、それ以上に驚いたのは、私が彼を「コウキくん」と呼びタメ口を利《き》いていたことだ。

一方、皇樹さんはというと、父親の前ではきちんとした敬語に戻っていた。なかなか賢い子どもである。

かくして、会食を終えて自宅に戻った私を待ち受けていたのはお説教だった。以来、みっちりと敬語を叩き込まれ、『皇樹さん』と呼ぶように徹底された。

しばらくは年に一度の頻度《ひんど》で久道家と会食をしていたが、皇樹さんが高校生になってからは、ふたりで食事をしたり遊びに出かけたりするなどの機会を彼自身が作ってくれた。

当時、私が通っていた私立中学には、婚約者や許嫁を持つ良家のお嬢様なんかもいて、早くから結婚相手が決まっているこの境遇《きょうぐう》を不思議に思ったことはない。

ただ、恋愛を意識する年齢になると、〝許嫁〟という名ばかりの関係に満足できなくなってきた。

婚約者のことを「恋人」と呼ぶ人もいる。その一方で、私と皇樹さんの関係は兄と妹のように健全で、あるいは保護者と子どものように一方的で、そういう雰囲気にはならなかったから。

少しずつ、ほんの少しずつ縮まっていく距離。同時に決して越えられない壁があることも自覚していて、次第にもどかしくなっていく。

私が高校生、皇樹さんが大学生になる頃。彼は誰が見てもパーフェクトで素敵すぎる男性に成長していた。街を歩いているだけで女性たちの視線を集め、繁華街では『モデルにならないか』とスカウトされているところを五回は見た。

「ねえ君、モデルに興味は――って、君かあ」

スカウトのおじさんにすっかり顔を覚えられてしまった皇樹さんは、苦笑しながら「どうも」と挨拶する。

「何度も悪いけど誘わせてよ。うちは給料もいいし、有名ファッション誌のコネもあって条件いいよ～？ 君ならパリコレ狙えるって！ どう？ 考えてみない？」

どうしても皇樹さんを口説き落としたいらしく粘るけれど、彼は「いえ。モデルはまったく興味ないので」とさらりと断る。

「じゃあ名刺だけでも。気が変わったら連絡してよ」

「変わらないので」

受け取りすら拒むと、おじさんは交渉の矛先《ほこさき》を変え、私に話しかけてきた。

「お連れは妹さん？ お兄さんがモデルだったら嬉しいよね～、説得してよ！」

私が高校の制服を着ていたせいか、妹に間違われてしまった。しかも――。

「っていうか、妹さんもめちゃめちゃかわいいじゃない！ 兄妹揃ってレベル高いよ～！ あ、兄妹デビュー狙っちゃう？」

なぜか私まで巻き添えになり、名刺を差し出される。困惑していると、突然皇樹さんに肩を抱かれた。

「彼女、恋人なんです。俺以外の男の目に触れさせるつもりはないし、俺も彼女以外の女性の目に留まりたくないので」

聞いているこちらが赤面しそうな理由を告げて、私をおじさんからひったくる。

「もう声はかけないでください。とくに彼女には絶対に」

そして、怒ったような雰囲気を醸《かも》し出して立ち去る。ちらりと振り向くと、おじさんはぽかんとした目でこちらを見つめていた。

……今のは、どういう？　おじさんを撒《ま》くための方便だろうか。怒った素振りも演技？　それとも本音で怒ってた？

しばらくすると、皇樹さんが「ごめん」と私の肩から手を離した。

「もしかしてモデルに興味あった？」

私はパタパタと手を振りながら「ないですっ」と否定する。

「皇樹さんこそ……すごい、ですね。モデルなんて」

「楓もスカウトされてたじゃないか」

「あれは皇樹さんのおまけで声をかけられただけですよ」

これまでひとりで歩いていてモデルにスカウトされた覚えなどない。

……いや、そもそも繁華街をひとりで歩いたこと自体なかったかも。ぼんやりと考えを巡らせていると、不意に彼が覗き込んできた。

「これからひとりで行動するようになると、ああいう輩《やから》と遭遇する機会が増えてくるから気をつけて。楓は自分で思っているよりずっとかわいいんだから」

言葉とともに向けられた柔らかい眼差しに、ドキリとして胸が騒ぐ。

……本当にかわいいと思ってくれてる？

だがついさっき妹と間違われたばかりで、少なくとも今の私は、皇樹さんの隣にいても恋人には見えないらしい。

……そのかわいいは褒め言葉？　それとも、子ども扱い？

浮かれたと思ったら落ち込んで、情緒がジェットコースターみたいに上下する。

以来、お出かけは車が多くなった。外出の範囲や頻度は増えたけれど、私たちの関係は進展しない。会うたびに期待するけれど、結局キスもハグもなく一日が終わってしまう。

やっぱり私たちの関係は〝許嫁〟であって、〝恋人〟ではないのだろうか。

一緒にいられる嬉しさと、なにも起きなかった落胆が入り混じる。

高校を卒業した私は、服飾系の四年制大学に進学した。家業の紡績会社の役に立てればと思ったのだ。

経営は兄たちに任せるとして、私は販路《はんろ》の拡大など、業務面で役に立ちたい。

進路については皇樹さんにも相談済み。いずれ久道家に嫁ぐと決まっているけれど、結婚までしばらくは家業を手伝おうと思っている。彼も賛成してくれてホッとした。

　もともとファッションやテキスタイルには興味があったので、大学での専門的な勉学は楽しい。そして大学生らしいキャンパスライフも、それなりに楽しんでいた。


「ねえねえ。楓って彼氏いるの？」

　放課後、作業室でいつも一緒になる同級生——木内《きうち》瀬那《せな》に尋ねられた。

　瀬那は服飾の勉強が大好き。熱心に講義を聞いて、終わると講師のもとへ質問に飛んでいく。そんな彼女の姿勢が気になり、声をかけたら意気投合した。

「彼氏っていうか許嫁がいるよ」

「えっ……許嫁って……ええ⁉　そんなもの現代に存在するの⁉」

　そう驚く彼女は、交際と破局を繰り返しているそう。彼女は見た目が綺麗なせいか、言い寄ってくる男性は数知れず。いいなと思った男性とは迷うことなく付き合うけれど、親しくなると相手の嫌な面が見えてきて別れてしまうのだとか。

　私の話を聞いた彼女が、ひょいっと肩をすくめた。

「小さい頃からずっと一緒で、結婚するのは決まってるけど、恋愛関係には発展しない男か……そんなパターンは経験なさすぎて全然わかんないなー」

大学生になったのにキスすら求められないのはなぜか――そんな悩みを相談してみたけれど、経験豊富な彼女ですらお手上げのようだ。

「私の場合、キスから始まっちゃうから。なんならベッドいっちゃうから。それ以外の恋愛ってわかんない」

「おお……」

次元が違いすぎて、もはや感嘆の声が漏れる。

「そういえば、写真とかないの？」

尋ねられ、数カ月前、遊びに行ったときに隠し撮りした彼の横顔を見せる。ちなみにこの写真を激写したすぐあと、彼にバレて『こら』と叱られたのだけれど。

「わぁお、イケメン……一応聞くけど、芸能人じゃないよね？　脳内彼氏ってオチはない？」

「ないない！　実在してる」

叱られたあと、「撮りたいなら言ってくれればいいのに」と快く撮らせてくれたツーショット写真を見せると、彼女はようやく信じてくれたみたいで、腕を組んでうーんと唸った。

「これ、ライバル多そうだね。相手は大学四年生だっけ？　キャンパスで入れ食いなんじゃない？」

「入れ食い……」

女性に囲まれる皇樹さんが容易に想像できて、胸がざわっとする。

名門大学に通っているから、周りには私より美人で頭がよくて、育ちのいい女性がたくさんいるだろう。そういう女性に言い寄られたときでも、彼は私を思い出してお誘いを断ってくれるのだろうか――心配だ。

「でもまあ……許嫁なんでしょ？　結婚は絶対にするんだよね？」

「……たぶん」

「え？　絶対じゃないの？」

「うーん……」

思えば、最近になって『私たちって許嫁ですよね？　結婚するんですよね？』みたいな確認をした記憶がない。

彼は親の決めた約束を覚えているだろうか。まだ私との結婚を考えてる？　それすら自信がなくなってきて、疑心暗鬼に陥《おちい》った。

唯一の救いは、彼が定期的にデートに誘ってくれること。大学一年も終わりに差しかかる頃、帰り道の車内で思い切って告白してみた。

「……私、皇樹さんが好きです」

私の自宅の前で車を停めた彼が、核心的な言葉に驚いて目を丸くする。

「ありがとう。俺もだよ。でも、突然どうしたの？」

あまりにも唐突だったせいか、動揺こそしないものの、神妙な顔で覗き込んでくる。

「皇樹さんにとって、私ってどういう存在なんだろうって……」

自信なく尋ねると、彼はシートベルトを解いて私の手をきゅっと握った。

「子ども扱いしているように思わせてたなら、ごめん。楓は年下で、まだ十代だし、俺がリードしてやらなきゃっていう意識は確かにあって」

「確かに年下ですけど、もう成人しています」

お酒やタバコはダメだけど、成人年齢は超えている。思い切って反論してみると、彼は「そうだね」と苦笑した。

「じゃあ、少しだけ大人の恋人みたいなこと、しようか」

彼の目がわずかに細まり、今までに見せたことのない顔になる。

首筋に回ってきた手が、するりとうなじを撫でる。ひくりと体が揺れ、気がつけば呼吸を止めていた。

ゆっくりと近づいてくる顔。促《うなが》されるように目を閉じて、次の瞬間、柔らかな感触が唇に触れた。パズルがパチリとはまるみたいに、閉じた唇と唇が凹凸にそって重なり合う。

これがキス。これが大人の恋愛――ようやく欲しかったものを手に入れられた気がする。自分が女性として認めてもらえたのが嬉しい。

何秒くらいそうしていたのだろう。私が呼吸困難になる前に、唇は離れていった。

大好きな人とのファーストキス。今さらになって自覚して、鼓動がどくどくと高鳴ってくる。

「この続きは二十歳になってからだ。……いいね？」

目を開けると艶っぽい眼差しがあって、すっかり満たされてしまった私はこくりと頷いた。

二十歳になったら、私をもっと情熱的に求めてくれるのだろうか。考えただけで今から体が火照るようだ。

その日が来たら彼にすべてを捧げよう、迷いなくそう心に決めた。

衝撃的な出来事が私を襲ったのは、二十歳になる直前、大学二年生の夏のこと。

家業の今後について大事な話があると前置きした父が、家族全員を居間に集めた。一枚板のテーブルを囲んで、床の間の前に父、その正面に母、左右に私と四人の兄弟たちが座っている。

そんな中、母の悲痛な声が居間に響き渡った。

「経営から手を引くって、どういうこと……!?」

ここ数年の経営不振を父は淡々と説明する。

「今のままではいずれ『芙芝紡績《ふしばぼうせき》』は倒産する。この提携《ていけい》を受け入れるしかない」

落ち着き払った様子を見るに、考え抜いた末の結論なのだろう。

一方で母は激しく動揺していた。家業の赤字をずっと隠されていたわけだから、怒るのも当然なのかもしれない。

「提携って……吸収の間違いじゃ……」

先方は負債を引き継ぐ代わりに、経営権も渡せと言っている。その代わり芙芝紡績の名前は残してくれるし、従業員たちも今のまま雇用してくれるそうだ。

「芙芝の名が消えるよりはマシだ。従業員たちも路頭に迷わなくて済む」

「でも、あなたが経営者じゃなきゃ意味がないわ。それに、この子たちはどうなって

る。

いずれは跡を継ぐ予定で専務をしている蓮兄も、それを支える役職に就くはずだった柊兄も椿兄も、みな職を失ってしまう。経営一族という輝かしい肩書きは消え失せてしまうの？」

しかし、心配する母をなだめるかのごとく口を開いたのは蓮兄だった。

「俺たちは経営者とまではいかなくても、それなりの役職で雇用してもらえるそうだ」

そのひと言に母は目を剝《む》く。子どもたちが自分より先に事情を知っていたのがショックだったのだと思う。私や母と同様、蚊帳《かや》の外に置かれていた紅葉も「蓮兄たちは知ってたんだ」と口を挟んだ。

蓮兄はこくりと頷き、柊兄と椿兄も「はっきり聞いたわけじゃないけど」「さすがに企画室で働いていれば気づくよ」と苦笑した。

「要するに、父さんが長年続けてきた経営手法を一新したいらしいんだ。業界も昔と今では変わってきている。変革が必要だっていうのは、俺も同意見だよ」

父も納得はしているのか、黙って目を伏せる。

「もっといい条件で買い取ってくれる会社はないの？」

「ないよ。むしろ赤字の膨らんだ会社をそのまま買い取れってほうが横暴だ」

なかなか納得しない母に、蓮兄がドライに答える。蓮兄は社長の道が絶たれたのだから傷ついてないはずがないのに、随分冷静なところを見ると、これまで父と何度も話し合って決めたことなのかもしれない。

「芙芝の名はどうなってしまうの……？　代々続いてきた経営一族としての歴史は……」

嘆く母に、もう蓮兄は答えなかった。人一倍プライドの高い母は、テーブルの上に突っ伏す。

「紅葉と楓の学費については心配するな。大学を卒業させる程度の蓄えはある」

そう静かに漏らした父に、蓮兄が言葉を添える。

「っていうか、うちは働き手が三人もいるんだから。妹弟たちの学費くらいはどうとでもするよ。楓も紅葉も、金の心配なんてしないで、進学でもなんでもやりたいことやるんだぞ」

柊兄と椿兄も頷く。頼もしい兄たちを持って、私たちは幸せものかもしれない。

ふと紅葉が、「ところで」と切り出す。

「姉ちゃんの結婚はどうなるの？　許嫁、ってやつ」

そのひと言にびくりと肩が震えた。皇樹さんとの話に波及するとは、浅はかにも思い至らなかったのだ。

「……白紙だろう。天下の久道家が、没落した家を受け入れるはずがない」

父の言葉に目の前が真っ暗になる。私は皇樹さんの許嫁ではなくなる。これまで彼の隣にいることが当たり前だったのに、もうその権利はない。

「……姉ちゃん」

紅葉が心配そうに私の肩を叩くけど、応じる余裕はなかった。

話を終えて、私はぼんやりとしたまま自室に戻った。

許嫁の解消については、提携が公《おおやけ》になった際に父から久道家に説明するつもりのようだ。

皇樹さんは今、社会人一年目。久道グループの中心に位置する『久道商事《くどうしょうじ》』に入社して、後継者となるために経験を積んでいる。入社してすぐ人事部に配属されたそうで、充実した毎日を過ごしていると言っていた。

そんな忙しい中でも皇樹さんは【夏休みは少し遠出しようか】【次はどこに行きたい?】といつも通り声をかけてくれる。

普段の私なら嬉しいとはしゃいでいたところだけれど、別れが目前に迫っている今は【ちょっとテストで忙しいので】【考えておきます】と濁《にご》すしかない。

大学のテスト期間が終わり夏休みが始まるのと、提携の話が公になるのは同時だった。

その日、私はさよならを告げるため、皇樹さんの会社近くのカフェに出向き、仕事終わりの彼を呼び出そうとした。

けれど、面と向かってさよならを言う自信がなく、十九時近くになっても連絡をする勇気が出ない。

チャット画面には【仕事終わりに、少しだけ会って話せますか？】というメッセージが打ち込まれていて、あとは送信ボタンを押すだけなのに。カフェに入ったタイミングで注文したアイスキャラメルラテは、もう氷すら溶けてしまった。

……やっぱり、直接会うのはやめて電話にしよう。

結局最後まで覚悟ができず、グラスを返却台に戻し、店を出た。

七月の下旬、十九時になっても空はまだほんのり明るい。だが時間も時間だ、十五分と経たないうちに日は完全に沈むだろう。

高層ビルに囲まれた大通りを駅に向かってとぼとぼと歩いていると。少し先の路肩に黒い高級車が停まり、後部座席からスーツ姿の男性が飛び出してきた。

いて見違えた。

「皇樹、さん……」

その秀麗《しゅうれい》さが追い打ちをかける。もう私は彼の隣に並べるような人間じゃない、そう実感し、気がついたら逃げ出していた。

「楓……⁉」

動揺した彼の声が背後から聞こえてくる。だが向き合う勇気もなく、なりふり構わず走った。

息が切れて立ち止まった場所は、オフィス街の真ん中にある公園。ここまでくればさすがに追ってはこないだろう。

都会のオアシスとして普段は賑やかなその公園も、この時間帯になると人がまばらで静まり返っている。

緑に囲まれた散策路を歩きながら荒くなった呼吸を整えていると。

妙に速くて、硬い足音。それが革靴の音だと気づき、びくりとして振り返った。

「楓！」

皇樹さんだ。高級車の送迎に加え、身なりや立ち姿もいつの間にか御曹司然として

「楓！」

「皇樹さん！」

まさかスーツでここまで追ってくるなんて。驚いて再び逃げようとしたとき、腕を掴まれた。

「逃げないで」

背後から抱き留められる。彼の息は荒く、呼吸とともに体が上下していた。背中からふわりと伝わってくる彼の熱気。私以上に必死になって走ってきてくれたのだと気づく。

「話をしに来てくれたんじゃないのか？」

もう二度と離すまいとでもいうように、私をうしろからしっかりと抱きすくめ、呼吸の合間に尋ねてくる。

「俺も楓と話さなきゃと思ってた……話したかった」

その誠実な声を聞いていたら、向き合わなきゃ、自然とそんな心構えができた。

私が体の力を抜くと、逃げるつもりがないとわかったのか、彼はゆっくりと腕を離した。代わりに正面に回り込んで両手をきゅっと握る。

「芙芝紡績の提携の話、父伝《づて》に聞いたよ」

うつむいたまま答えられずにいると、今度は優しく抱き寄せられた。

「大変だったね。つらい思いをしただろう」

彼らしい優しさに胸が熱くなる。同時に、その言葉の先を聞くのが怖くなった。

「久道家にできることはないかと提案してみたんだが、楓のお父さんはもう覚悟を決めたからと」

父は援助を断ったらしい。久道家に支援をお願いすることもできたのだろうけれど、プライドの高い父は潔く経営から退くことを決めたようだ。

彼は私の手をとって、ゆっくりと夜の散策路を歩く。追いかけっこをしている間に、辺りはすっかり暗くなってしまった。

「許嫁の解消も提案されたと聞いている」

ついに別れを切り出される――泣き出したいのを我慢して彼の言葉を待つ。

しかし、切り出されたのは、予想の斜め上を行く言葉。

「楓。もう許嫁なんてまどろっこしい言い方はやめて、正式に婚約しよう」

予想もしなかった反応に顔を上げ「それって……」と思わず間抜けな声を漏らす。

「私と、結婚してくれるって、言ってますか？」

「やっぱり疑ってたんだ……あまりにも逃げるから、そうじゃないかと思ってた」

彼はこちらに向き直り、見るからに心外という顔をしながら私の涙を指先で拭う。

「……だって、芙芝家はもう経営一族じゃないから」

「家柄とか、親の約束とか、そういうのは関係ない。俺は楓を心から大切に想っているんだから——愛しているんだから。ただの恋人で、〝婚約者〟だよ」

そう言って、私の鼻先にちゅっと、なだめるようなキスをする。『愛しているんだから』——その言葉に頭が真っ白になって、思わず涙も引っ込んだ。

「でも皇樹さん、キス以上のことは、なにも……」

「当然だろ、楓はまだ十代なんだから。軽々しく手を出さないようにしていたのは、俺のけじめだ。それに——」

彼がふいっと目を逸らす。どこか気恥ずかしそうな表情が、少ない明かりの中でもはっきりとわかった。

「キス以上のことをして、歯止めが利かなくなったらまずいだろう。結婚の話も具体的にならないうちに手を出してしまいましたなんて……楓のお父さんになんて説明したらいいか」

彼は口もとを押さえて、困惑を押しころしているように見えた。いつも悠然と私をエスコートする彼とは思えないくらい、声から動揺がありありとうかがえる。

わっと頬が熱くなって、ようやく自覚した。皇樹さんがこんなにも、私を好きでいてくれたことを。

「そんなふうに、見てくれていたなんて。私、全然気づかなくて……」

興奮して、思わず頬を押さえる。彼は逃げ出す私の視線を捕らえるように真剣な顔で覗き込んできた。

「楓は俺にとって特別だ。……そう自覚できたのは、最近ではあるけれど」

見れば外灯に照らされた彼の顔も、ほんのり赤く染まっていた。

「楓が高校生でいる間は、そういう目で見ないようにしてた。楓を汚《けが》したくないって思ったんだ。でも楓が十八になって、高校を卒業して、成人になったって自覚したら……だんだん……その、俺だけのものにしたいって、思うようになってきて」

つまり、独占欲ってこと？　じっと先の言葉を待っていると、彼がギブアップといわんばかりに手を上げた。

「これ以上は、勘弁してくれ」

「……聞かせてほしいです」

じっと見つめてお願いすると、彼はため息交じりに白状した。

「抱いてしまおうかって悩んだこともあった。けど、二十歳になるまでは絶対に手を出さないって誓いを立ててたんだ」

私を女性として意識してくれていたんだ、そう実感すると、じわりと目に涙が浮かんできた。

彼はさらに困窮《こんきゅう》し「あー……」と視線を漂わせたあと。突然私の腕を引き、自身の胸もとに引き寄せた。

あっという間に自由を奪われ、かき抱くように腰に手を回される。もう片方の手が私の顎をすくい上げ、少し角度をつけた彼の顔が近づいてくる。

唇と唇が重なり合った。かと思えば、彼の指先が私の顎を引き、舌を滑り込ませる隙間を作る。

挿し入れられた舌の柔らかな感触を唇の裏側で感じる。さらに強く顎を引き下げられ、大きく開いた口の中にぐっと舌を押し込まれた。

聞いたことのない、甘い水音が響く。同時に、乱され支配されていくような心地よさ。足に力が入らなくなり、彼の胸に身を預けて、体の奥底から噴き出してくる熱にたっぷりと酔いしれる。

私を女性として求めてくれた――あまりの幸せにとろけて意識が途切れそうになった時、ようやく彼が唇を離して息をさせてくれた。

彼も息をしていなかったのか、呼吸が荒くなっている。熱くなった額を私の額につけて、掠《かす》れた声を吐き出す。

「心も体も独占してやりたいって、ずっと思ってた」

艶めいた声に脳髄《のうずい》が甘く痺れた。軽い眩暈《めまい》を覚えたあと、思わず漏れ出た本音は――。

「よかった……」

安堵と喜び。私だけじゃない、彼も私を独占したいと思ってくれていた。

「全然よくないって」

彼ががっくりと項垂《うなだ》れて、私の危機感のなさを嘆く。

「……二十歳になったら、覚悟して。楓の全部、手に入れるから」

ふと見れば、鋭い雄《おす》の眼差し。初めて見る情熱的な目にドキリとして心臓が止まりそうになる。

今さらそれがどういうことか理解して、羞恥心が沸き上がってくる。皇樹さんに私のすべてをさらけ出さなければならないのだ。

「……覚悟、します」

目を伏せたまま、そう答えるのがやっとだった。

第三章　あなたのために、子どもたちのために

皇樹さんのお父様は、息子がなんの肩書きも持たない一般女性と結婚することをどう思っているのだろう。ふと心配になった私は、彼に尋ねてみた。

彼曰《いわ》く、私たちの婚約について、反対まではしていないそう。とはいえ家業的には良家の令嬢と結婚するほうが断然メリットが高いわけで。それを理解した上で別の人と結婚したいというならば好きにすればいい、そういう考え方らしい。

私の両親のもとにも、久道家からその旨の回答が来たようだ。許嫁については本人たちに任せると。

しかし両親は、いつか婚約を破棄されるだろうと疑っている。久道家に期待はするな。もう家業への就職はできないのだから、しっかり勉強して就職先を探しなさい、とのこと。

そんな中、十月の下旬になり、私は二十歳の誕生日を迎えた。

皇樹さんは今までで一番盛大にお祝いしてくれるつもりのよう。どこへ行きたいかと尋ねられ、咄嗟に出た答えはドライブだった。

彼の車で東京湾を巡って、日が沈む時間に合わせて海浜公園にやってきた。

オレンジ色の夕日を眺めながら、散策路を歩く。日中より風がひんやりと冷たくて肌寒い。

「景色は綺麗だけど、少し寒かったかな」

私の手を寒さから守るように強く握って隣を歩く。さりげなく風上に回って、自身の体を盾にしてくれていることに気づかないわけがない。

「風邪、引かないでくださいね？」

「俺は大丈夫だけど——」

そう言いかけてジャケットの前を開くと、自身の懐《ふところ》に招くように私を包み込んだ。

「このあと、温めてくれると嬉しいかな」

「皇樹さん……」

この先を求めるかのような意味深な台詞と、艶めいた眼差し。過剰なスキンシップ。

……今までと、全然違う。

取り払われた一線。私と彼は特別な関係なのだと、言葉から、仕草から、触れる彼の温もりから伝わってくる。

不意に彼が距離を詰め、私の顎を押し上げる。自然な仕草で唇を奪われ、驚きからぱちりと目を瞬いた。

『二十歳になったら、覚悟して』——あの約束を思い出し、この口づけの意味を悟る。

熱情を含んだ大人のキス。今この瞬間から俺のもの、そう思い知らせるかのように、激しいキスで甘く蕩《とろ》かされてしまう。

美しすぎる夕焼けと海と夜景、それ以上に、皇樹さんの態度から伝わってくるメッセージが嬉しかった。


その日の夜。私は彼が用意してくれたホテルのスイートルームで、初めての夜を過ごした。

「俺から逃げ出したあの日、楓は別れようとしてたのか？」

恥ずかしがる私の、ワンピースを脱がしながら、彼が試すように尋ねてくる。

「それは……だって私は皇樹さんと、不釣り合いになっちゃったので」

「つまり、俺が愛してるのは楓の家柄だと思っていたんだ？」

「そういうわけじゃ……」

普段とは違う彼に、私はすっかり戸惑っていた。言葉遊びをしながら私の服をすると脱がし、素肌に指先を這わせるから。

「楓もそうなのか？　俺の家柄がよかった？」

「そんなわけ……な……」

下着のさらに下を暴かれ、そこを唇で遊ばれて、否定する声も絶え絶えになる。

「俺がなにもしないから、愛を感じられなかったって？」

両腕を掴み、脚を絡ませ、私をベッドに縫い留めて、艶めいた眼差しを落とす。

「冗談じゃない。俺がどれだけ楓を大切に思っていたか」

動けないように組み敷いて、頬に、目尻に、額に、ちゅっちゅっとキスを落としながら、片方の手で自身のシャツのボタンを外していく。

初めて見る彼の素肌に、表情に、私の体は沸騰して蒸気が昇りそうだ。

「たっぷり思い知らせてあげる」

「あっ……」

激しく体を求められ、まずは心が満たされた。彼が自分だけを見てくれている、欲しがってくれている、その充足感で幸せの極《きわ》みに達した。

しかし、そんな余裕はすぐに消え去る。体中を駆け抜けていく痺れ、彼が与えてくれる性的な快楽に絆《ほだ》され、筋肉が弛緩《しかん》しふにゃふにゃになる。

「ああ……んっ……」

「そんな顔して、どれだけ感じやすいんだ？　まだなにもしてないのに」

なにもしてないって、どの口でそんなことを言うのだろう。私の熟れた頂きを舌先で転がし、蕩けた下腹部を指の腹で撫でる行為は、とてもじゃないが『なにもしてない』とは言えない。だが――。

「皇樹さんが触れると……すごく……気持ちよくて……」

彼に触れられた場所、全部が溶けてしまいそう。無防備に体を明け渡すと、今度こそ言い逃れできないほどの快楽を与えられた。

「その言葉、あとで絶対後悔するぞ？」

刺激を強くされ、思わず「あああっ」と嬌声《きょうせい》をあげる。

記憶がおぼろげになるくらい激しくて、深くて、口では説明しがたい濃密な体の交わり合い。背徳感に溺れてしまいそうになる。

体の奥底に侵食してくる彼の愛の杭《くい》が、途方もなく気持ちよくて、このままベッドに縫い付けてと懇願《こんがん》した。

「楓のここ、すごいな。まるで俺のために作られたみたいだ」

私と彼の相性はものすごくよかったみたいで、痛いとかつらいとか、そんな苦痛はまったく感じなかった。

体と体が隙間なく密着して離れるのを拒んでいる。

まるで、私のために存在しているかのように、ぴったりだ。

「皇樹さんの、も……」

何度も極まっては乱れてを繰り返し、お互いの愛を確かめ合うように、激しくも丁寧に触れ合った。


それから私たちはデートを繰り返し、ときに体を重ね、恋人らしい幸せな日々を過ごした。

大学を卒業した私は、無事第一志望のアパレルメーカーに就職。社会人として働き始めた。

すぐに結婚しなかったのは、社会に出て経験を積むため。彼の隣で胸を張れるよう、女性らしいしなやかさと強《したた》かさを身につけなければと思ったのだ。就職はその第一歩である。

父は芙芝紡績から完全に手を引き早期退職、三人の兄たちはそれぞれ芙芝紡績の部長、課長クラスに就いている。

弟の紅葉は学生時代に始めたデイトレードで成功を収め、その財を元手に投資家に。

しかし、父は安定した職業に就けないならば出ていけと激怒。結局、紅葉は家を出て自立する道を選んだ。

父には内緒で紅葉の新居を訪ねたら、都心の高層マンションに住んでいて驚いた。家族向けの広々とした2LDK、その部屋も投資用を兼ねているそうで、時期が来たら売ると言っていた。

紅葉が家を出るとき『なにかあったら頼って。力になるから！』なんて偉そうに言った私だけど、頼ってもらえる機会は当分なさそうで、安心すると同時にちょっぴり寂しくもなった。

そうして就職から一年が経ち、仕事終わりに皇樹さんとの待ち合わせに向かうと、車の助手席に大きな花束が置かれていた。

「わあ、すごく綺麗！　でも、どうして……？」

「楓が一年間、頑張ったから。ご褒美に」

春をたくさん詰め込んだような色鮮やかな花束。花を用意してくれたのはもちろん嬉しいが、その気遣いに胸がいっぱいになる。

「さ、乗って。少しだけドライブして食事に行こう。今日はあの浜辺が見える海沿いのレストランを予約したんだ」

そう言って彼は助手席の花束をうしろに移動しようとする。

「それ、しばらく抱いていてもいいですか?」

「かまわないけど……邪魔じゃない?」

「堪能したくて」

花束を抱いて助手席に座ると、ふんわりとした香りに包まれて心が安らいだ。

しかし、彼からは花で埋まっているように見えたらしく、「前、見えてる?」と苦笑された。

「ちゃんと見えてますよ。嬉しいです。花、好きだから」

そういえば初めて会ったあの日も薔薇の花束をもらったっけ。思い出して嬉しくなる。

「ジュエリーを贈ろうと思ったんだけど、そういうのは一緒に選んだほうがいいと思って。楓をデートに誘い出す口実にもなるし」

彼が運転席に乗り込み、甘い笑みを浮かべる。「ありがとうございます」とお礼を言いながらも、ふと気づく。

「って、私、この前もネックレスをもらったばかりですよ?」

今胸もとに輝いている、小さなダイヤがふたつ連なったネックレスは、ホワイトデーのプレゼント。ちなみに、その前の月はバレンタインデーだからと言って高級チョコとブランドバッグをもらった。

一月は一緒に年始を祝おうと温泉に連れていってもらって、クリスマスは超豪華スイートルームで夜景、誕生日には高価なワンピースとパンプスを贈られ、とにかくプレゼント三昧。

「皇樹さん、甘やかしすぎでは」

「え……これでも君の負担にならないように、セーブしてるんだけど」

これで抑え気味というのだから、さすがは巨大グループ企業の代表、スケールが違う。

高級な三つ揃えのスーツに身を包む、気高く秀麗な未来の経営者が、私のように平々凡々な一般女性にご執心だなんて誰が想像するだろうか。嬉しいような、恥ずかしいような、いっそ申し訳ない気持ちになって花束を抱きしめる。

「お返しできないのが、なんだか心苦しいです」

私のお給料では、皇樹さんが持つに相応しい品はプレゼントできない。

いつも一方的にもらってばかり。私があげられるものと言えば、手作りのお菓子くらいだろうか。

赤信号で車を一時停止させた彼は、くすりと笑って私の頬に触れる。

「俺のそばにいてくれるだけでいい。それだけで充分、お返しになっているから」

そんな甘いことを言うから、私は花束に顔を埋めて「はい」と答えるので精一杯だった。


それから恋人としてたっぷりと愛を注がれること一年半。転機は突然訪れた。

「父の具合が、あまりよくないんだ」

デートの帰り道、車で私を家の前まで送り届けながら、運転席の彼が静かに切り出した。

もともと彼のお父様は持病があると聞いてはいたが、最近では仕事に障《さわ》りがあるほど体調が悪いらしい。

「十年かけて代替わりの準備を進める予定だったんだが。悠長なことは言ってられなくなった」

「じゃあ予定より早く皇樹さんが代表に？　それとも、ほかの方が代表になるんですか？」

「一時的に叔父が代表に就く案も出たが、それは父が許さなかった。叔父は自分が代表の座についたら、次の代表に実の息子を指名するだろうから」

一度代表の座を譲ってしまったら、もう戻ってはこない。皇樹さんに対してマイナスにしかならない決断を、彼のお父様が許すはずがない。

「代表の座に固執するわけじゃないんだが……父の期待には応えたい。跡を継げるように手をかけて育ててもらったのはもちろん、俺なりに努力してきたつもりだ。これまでの自分を否定したくない」

その言葉から、彼なりの誇りを感じ取る。

「二十八年間、頑張った証明ですもんね」

私が大きく頷くと、彼も少し照れくさそうに「ああ」と答えた。

「これまで身につけてきた知識と経験で、父たちが大切に培《つちか》ってきたものを守りたい」

一族が代々受け継ぎ発展させてきた巨大企業、その舵《かじ》取りをひとりで担う重責は計り知れない。だからこそ、私は全力で彼を応援したかった。

「力になれることがあるなら、なんでも言ってください。といっても、私にできることと言えば、見守るくらいかもしれませんが」

すると、彼は額を押さえて沈痛な面持ちになった。

「皇樹さん？」

「……この流れで切り出す俺は、詐欺師みたいだ」

ハンドルにもたれ顔を伏せて自嘲する。なにかお願いがあるんだ、そう気づき、私は助手席で姿勢を正した。

「すぐに就任するにしても、若さはどうしてもデメリットになる。株主や投資家たちの中には年齢を気にする人間もいるから。だからデメリットに負けない強みがほしい」

「強み……ですか？」

「実績とコネクションだ。今考えているのは、海外支部の経営規模拡大と、現地の陣頭指揮。今後重要な拠点となるイギリスで腕を振るい、現地の投資家や影響力の強い経営者にコネクションを作ることで実力を示せる」

皇樹さんは顔を上げると、真剣に私を見つめた。

「一年間、イギリスに行こうと思ってる」

……ああ、そうか、と私は納得した。私ができることは、彼に対してなにかをするのではなく。ただ彼を信じて待つことなんだ。

そう理解し、ふっと笑みをこぼす。

「わかりました。いってらっしゃい」

求められていた言葉を口にしたはずなのに、なぜか彼は不満そうに唇を尖らす。

「……聞き分けがよすぎないか？　もう少し寂しそうにしてくれてもいいだろ」

どうやら彼は『わかりました』以上に『寂しい』と言ってほしかったらしい。行かないでと言ったら困るくせに。オトコゴコロは難しい。

「帰りを待っています。だって、皇樹さんが夢を叶えるためだから。私が応援しないわけないじゃありませんか」

もちろん寂しいけれど、彼を困らせるような女より、彼の意思を尊重し、どんなワガママも包み込める女でいたい。私だって、自分のことばかり考えていた大学生の頃よりは少しだけ成長している。人を思いやれる大人の女に。

するると、彼は真剣な顔のまま私の手を握った。

「楓。俺と一緒に来てくれないか。君さえよければ、この先もずっと一緒に」

「え……」

驚いて目を見開く。それってもしかして、プロポーズ？

「私、その……」

すごく嬉しくて言葉が出ない。彼と一緒になりたくて、今日までずっと走り続けてきたのだ。けれど――。

「……嬉しいんですが。その……」

就職したのは、彼に釣り合う立派な女性になるため。

けれど私は、憧れのアパレルメーカーに就職はしたものの、まだなにも成せていない。胸を張って彼の隣に立てる女性になれていない。

会社ではまだ半人前、上司や先輩たちの手伝いがメインタスクだ。先日、ようやく企画を出すチャンスをもらえたけれど、詰めの甘さからNGが出た。最初はそれが普通だと上司はフォローしてくれたけれど、実力不足を痛感したばかりである。

悩んでいたら、彼の手がスッと引っ込んだ。驚いて顔を上げると、そこにあったのはすべてを見通すような柔らかい眼差し。

「わかってる。楓は今、志半ばなんだよな」

じわりと目に涙がにじんで、頷いた瞬間にこぼれ落ちた。

彼のそばにいたい。でも、今仕事を辞めてしまったら、胸を張って彼の隣に立てない気がする。

「楓は頑固だもんな。やると決めたら、やらなきゃ気が済まないんだろ？」

皇樹さんのほうが私をよく理解してくれていることに、余計に涙が出る。

「……少し、考えさせてください」

涙を押しころし、そう答えるので精一杯だった。

皇樹さんのイギリス行きが本格化し、渡英する三カ月前。

せめてイギリスに旅立つ前にたくさん思い出を作ろうと、彼は海の見えるスイートルームに誘ってくれたのだが、私はというと、寂しさが込み上げてきて涙が止まらなくなってしまった。

ソファに座ったまま、ほろほろと泣き続ける私を、皇樹さんは困った顔で見守っている。

「楓。そんなに悲しそうにしているのは、俺のプロポーズを断ろうとしてるから？」

「ごめんなさい、私、どうしたらいいか――」

彼のそばにいたい。でも、今の私では彼に相応しいパートナーになれない、矛盾だらけの身勝手な決断だ。

「……でも、きっと成長して皇樹さんを追いかけます。だから――」

待っていてほしい、そうお願いしようとすると、柔らかく微笑んだ彼が私の隣に腰を下ろした。

「悪いけど俺は楓を手放すつもりもない」

頬に触れられ、驚いて彼を見上げる。待ち受けていたのは、壮麗な瞳だ。

「一年なんて一瞬だ。この先、何十年も君と一緒に生きていくことを思えば」

何十年も、私とともに歩みたいと思ってくれているのだろうか。それだけで胸がいっぱいになる。

「皇樹さん……」

いつも以上に優しいキスが降ってくる。うっとりと酔いしれ目を開ける頃には、不安は和らいでいた。

「プロポーズは取っておく。だから、今はお互いにできることをしよう。一緒になるのはそれからでも遅くない」

私はこくりと頷いて、彼の胸に飛び込む。私を抱きしめる腕は、心配などいらない、愛している、そう言ってくれているかのようだった。

三カ月後。皇樹さんは私にとびきり大きなダイヤの婚約指輪で愛を誓い、イギリスに渡った。

それから間もなくのことだ。仕事帰り、オフィスビル一階のエントランスで私を待っていたのは、皇樹さんより少しだけ貫禄の増した秀麗な紳士だった。

彼は私を見つけると、凛とした所作で尋ねてきた。

「失礼。芙芝楓さんでよろしいですか？」

その気品が皇樹さんの纏うそれと似ていて、すぐに関係者だと理解する。

「仕事場まで押しかけるような真似をして申し訳ありません。皇樹があなたとの結婚を考えているとうかがって」

すらりと背が高いが、皇樹さん以上に細く華奢。上質な高級スーツを纏い、パーマがかった黒髪は若々しく、オシャレでいて清潔感がある。声は低く伸びやかで、ゆったりとした響きから余裕と威厳を感じ取る。

年齢は三十代後半くらいだろうか。皇樹さんがあと十年、歳を重ねれば、もっと似るかもしれない。

「失礼ですが、どちら様でしょう？」

「皇樹の叔父の、三条洸次郎と申します」

そう言って名刺を差し出す。名刺には『久道郵船《くどうゆうせん》』、『久道運送《くどううんそう》』、『久道《くどう》ケミカル研究所《けんきゅうじょ》』など、久道グループの関連企業が記されている。

彼はそれらすべての代表を務めているらしいのだが――。

「叔、父……様」

皇樹さんに次ぐ跡継ぎ候補として叔父がいるとは聞いていたけれど、予想と違った。なんというか、叔父というには若すぎるような……？

「なにか？」

面食らった私を見て、洸次郎さんまで目を丸くする。

「あ、いいえ、失礼いたしました！　皇樹さんのお父様にはお会いしたことがあったのですが、その――」

「ああ、兄と歳が離れすぎていて驚いたと？」

……見透かされてしまった。申し訳ない気持ちになって「すみません……」と恐縮する。

「歳の離れた兄弟なんです。ちょうど兄と皇樹の真ん中くらいの歳ですよ」

皇樹さんのお父様はもうすぐ還暦だと言っていたから、彼は四十代前半くらいだろうかと目算する。跡継ぎとして名前が挙がるのも頷ける。まさに働き盛りといった年代だ。

「実はどうしてもあなたと一度、お話がしたくて、皇樹には内緒で会いに来てしまったんです」

皇樹さんとはまた違う、人好きのする顔でにっこりと微笑む。

「アポイントもなく不躾《ぶしつけ》にすみません。もしよければ、このあとお時間をいただいても？」

私は「もちろんです」と答え、彼とともにオフィスビルを出た。

ビルの前には見るからに高級な車が停まっていて、品のいい運転手が後部座席のドアを開けて待ってくれていた。

皇樹さんの叔父とはいえ、初対面の男性の車に乗るのは不用心だろうか……そんな私の心中を読んで洸次郎さんが尋ねてくる。

「ご不安でしたら、ご両親にも同席していただきましょうか？」

こじれる予感がして、「いいえ、大丈夫です」と促されるまま車に乗り込んだ。両親は久道家に期待するなと言っていたし、彼らを呼ぶくらいなら、ひとりで話を聞いたほうがマシだと思ったのだ。

「ゆっくりと話せる場所にご案内します。なに、五分程度ですよ」

そう言って案内されたのは、有名ホテルのロビーラウンジにある個室だった。特別な接遇用の部屋らしく、お茶とともにサンドイッチやプチガトー、スコーンなどの軽食がついてきた。テーブルの上が賑やかすぎてびっくりする。

「仕事を終えたばかりで、お腹が空いていますよね？　よろしければお食事も――」

「い、いえ、充分すぎますのでっ……！」

洸次郎さんが「遠慮なさらず」とサンドイッチをひと口食べて見せた。手に取りやすくしてくれたのだろう、気さくな人だ。

彼は自己紹介が遅れてすみませんと前置きして、ご自身の立場を説明してくれた。

「久道グループの中核は久道商事、そして『久道銀行《くどうぎんこう》』を始めとした証券、保険などの金融系です。それらは私の兄の洸一《こういち》が代表を務めていて、グループ全体を治めているると言っても過言ではない。私はそのほかの雑多な企業の代表、指揮を任されています」

雑多と言っても、ひとつひとつの規模が芙芝紡績に匹敵する。謙遜してはいるが、辣腕がうかがえる。

「兄――皇樹の父親のことは聞いていますね？」

私はこくりと頷く。持病の具合が芳《かんば》しくないことも、跡継ぎを急がなければならない状況も。

「皇樹は幼い頃から教育を受け、経営者としては卓越している。私なんかよりずっと優秀なんですよ」

自慢の甥っ子、といったふうににっこりと微笑む。しかし次の瞬間には目を細め、憂いに満ちた表情をした。

「だが、あの若さだ。十年後であれば、跡を継ぐことになんの問題もなかったのですが」

洸次郎さんは静かにコーヒーを口に運び、ため息を漏らす。私も彼に倣って紅茶をいただきながら、じっと彼の話に耳を傾けた。

「まだ二十代のひよっこがトップに立つなんてとんでもないと不満を漏らす連中も多いのですよ。だったら俺がやると名乗り出る者も。そういう連中ほど己の力量を自覚できず、経営の仕事をわかっていない。我ら経営一族との教養や品格の差が理解できないのです」

嘆かわしいとでもいうふうに、遠くを見つめる。その冷ややかな眼差しを見て、彼が腹の底に隠し持つ冷徹さを推し量り、身震いがした。

「この巨大グループを統率するには、久道家に代々受け継がれてきた独自のノウハウが必須なのです。一族外の人間に経営の舵を奪われたら、それこそグループ存続の危機だ」

それは私も聞いたことのある話だ。皇樹さんは幼い頃からこの独特な企業群を御すための術《すべ》を叩き込まれているからこそ、代表になれるのだと言っていた。

「つまり……代表の座が狙われていて、危険だと？」

洸次郎さんは「ええ」と肯定し、目を鋭くさせる。

「皇樹が満場一致で代表に就任するには、周囲を納得させる建前がいるのです」

「建前というと……実績でしょうか？」

しかし洸次郎さんは首を横に振る。

「大急ぎで実績を積み上げようとしたところで、一年や二年じゃたかが知れています。それより手っ取り早い手段がある」

そう前置きして彼が切り出したのは、思いもよらない手段だった。

「政略結婚です」

彼のひと言に手が震え、ティーカップを置き損ねる。カシャンと音が鳴り、ソーサーに紅色の液体がこぼれた。

「……し、失礼しました」

スタッフがすぐさまティーカップごと取り換えてくれる。洸次郎さんは感情のない目で私をちらりと一瞥すると、話を続けた。

「皇樹が代表になれば、良家とのコネクションが手に入る、あるいは高名な投資家一族との縁ができる——そんなわかりやすい構図があれば、周囲は納得してくれると思いませんか？」

バクバクと鼓動が高鳴るのを感じる。洸次郎さんがなぜ私に会いに来たのか、この場に誘い出したのか、ようやくわかった気がして。

「……ところで私は『三条』と名乗りましたが、これは妻の姓です。父の指示で、早くに高名な議員一家に婿入りしましてね。当時、私には恋人がいて、悔しい思いもしましたが、今はこの結婚に納得しています。私が婿に入ったおかげで、久道グループはさらに大きくなった」

「……つまり、なにをおっしゃりたいのですか？」

「こんなことをあなたに言うのは、とても心苦しいのですが。経営に失敗し家業を売り渡した芙芝家の娘という肩書きは、正直体裁が悪い」

すっと血の気が引く。まさかここで家業を持ち出されるとは思ってもみなかった。

……ううん、本当はわかっていたはずだ。私の出自が皇樹さんと釣り合わないことは、自分でもよく理解している。

「あなたとの結婚に納得しない親族も多いでしょう。皇樹も肩身の狭い思いをする。ああ、もしも子どもを授かるようなことがあれば、いっそうかわいそうだ……。祝福してもらえず、疎《うと》まれるだけでは」

彼が額に手を当て、わざとらしく嘆いてみせる。皇樹さんや、いつか生まれてくる子どもまでみじめと言われては、もうなにも言い返せない。

洸次郎さんはおもむろに立ち上がり、その場に膝をつくと、あろうことか頭を下げ、額を床にすりつけた。

「こ、洸次郎さん⁉」

「どうかお願いです。皇樹のことはあきらめてもらえませんか。政略結婚なしに、皇樹が久道グループ代表の座を得ることはありえません。グループ存続の危機なのです」

慌てて私も椅子から飛び降り、彼の横に膝をつく。

「やめてください……！　こんな……顔を、上げてください！」

頭を地につけてまで頼み込んでくる洸次郎さんに「いやです」と拒むことなんてできなかった。

少し考えさせてください、そう言って一週間の猶予をもらった私は、ひとりで悩み続けていた。

私が皇樹さんと別れなければ、彼は代表になれないかもしれない。長い間続いてきた久道家の歴史が彼の代で途絶えてしまう。

洸次郎さんはグループの危機とまで口にしていた。職を失う社員も出てくるだろう。加えて、いつか生まれる子どもたちまでみじめな思いをすると言われたら、「彼と一緒にいたい」なんてワガママを貫き通す自信はなかった。

私と結婚さえしなければ、皇樹さんも、彼の周囲の人々も、みんな幸せになれる……？　彼への愛しさと現実を天秤にかけて、それでも望みが捨てきれず悶々と悩み続ける。

あのあと、洸次郎さんは『もうひとつだけ解決策があります』と前置きして、私に提案してきた。

『皇樹に次期代表の座から降りるように説得していただけませんか？　私が代表となれば皇樹は自由になれる。あなたと幸せな家庭を築くこともできるんです』

そんなこと、できるわけがない。その提案だけはその場ですぐにお断りした。

皇樹さんはお父様の跡を継ぐために、幼い頃から一生懸命頑張ってきたのだから。

八歳の時点ですでに敬語を使いこなし、マナーを熟知していた彼。今になって思えば、厳しい教育を受けていたのだと思う。まだ幼い彼にはつらかったはずだ。

その苦しみを、ようやく手に届きかけている希望を、私と一緒になるために捨ててほしいだなんて絶対に思わない。

『皇樹さんが夢を叶えるためだから』――彼がイギリスに行く前、なにがあっても応援すると誓ったのだ。

私が皇樹さんのそばにいても、足を引っ張るだけだとしたら。せめて邪魔だけはしたくない。それが答えだった。

「ごめんなさい。皇樹さん」

私は意を決して、洸次郎さんに連絡を取った。そして、皇樹さんに繋がるものはすべて捨てた。連絡先も、電話番号も。実家を出て会社すら辞めて、新たな人生を踏み出した。

洸次郎さんは、いざ皇樹さんが私を捜そうとしても手がかりが見つからないように、手を回してくれたようだった。転職に関しても有名なアパレルメーカーを斡旋《あっせん》してくれた。

しかし、姿を消す決意をして二カ月が経ったとき、衝撃の事実が発覚する。私のお腹に、皇樹さんとの子どもが宿っていたのだ。

しかも、私と同じ双子だなんて運命を感じてしまう。これを彼が聞いたら、喜んでくれるような気がした。

さすがに私の一存では決められない。とはいえ、連絡を取ろうにも皇樹さんに繋がるものはすべて捨ててしまった。洸次郎さんからは『連絡をするときは必ず自分を経由してくれ』と言われている。会社に、延いては皇樹さんに迷惑がかかるから、と。

仕方なく洸次郎さんに電話をして、どうしても彼と連絡を取りたい、もう一度考えさせてほしい、そうお願いすると、冷酷な言葉が返ってきた。

《実は、皇樹はすでに、イギリスに住む良家の令嬢との婚約を進めているのです》

胸に強い痛みを感じた。すでに皇樹さんの心の中に、未来に、私はいない。

いや、もしかしたら、あえて私を忘れようと努めているのかもしれない。彼は夢のために前に進むことを選んだ。私が失踪した、その行動の裏にある願いを汲み取ってくれたのだ。

けれど――。

《楓さん。まだ後ろ髪を引かれているのですね。気持ちはわかります。あなたが身を引いたことを思えば、皇樹への愛が本物だとわかる》

受話口から洸次郎さんの、憐れみを含んだ声が響いてくる。

《皇樹の将来を思い距離を取ってくれた、あなたの行動はとても尊く、正しいものだったと思います》

洸次郎さんの声に涙が混じり、再び心が揺れ動く。

「どうか一度だけ。一度だけ連絡を取らせてもらえませんか！」

しかし、返ってきた言葉に血は通っていなかった。

《どうにもならない政略結婚だったと、あきらめてはもらえませんか。ようやく皇樹は現実を受け入れ、正しい人生を歩み始めてくれました。あなたが本当に皇樹を愛しているならば、どうか邪魔をしないであげてほしい》

取りつく島もなくそう告げられ、そのままぷつりと電話は切れる。リダイヤルしても――ダメだ。電話を取ってもらえない。

なんとかして、もう一度連絡を取らなければ。皇樹さんとの間に子どもができたと伝えれば、必ず話を聞いてくれるはず！

そこまで思い立ち名刺を手にしたところで、ハッとする。

――お腹に子どもがいると洸次郎さんに知られたらどうなるだろう。

堕《お》ろせと指示されるかもしれない。良家との婚約、延いては久道グループの未来を考えれば、この子たちの存在は邪魔になる。

『ああ、もしも子どもを授かるようなことがあれば、いっそうかわいそうだ』――かつての洸次郎さんの言葉が脳裏をよぎる。

「……隠さなきゃ」

ふたつの命を守りたいのならば、皇樹さんの子どもだとバレてはならない。私が妊娠していると知られれば、勘づかれてしまう。

私は洸次郎さんに紹介してもらった会社には入社せず行方をくらませた。

お腹を隠しながらアルバイトをして、ごまかしが利かなくなったら貯金を生活費に回して。なんとかひとりで生計を立てながらも、両親には妊娠を知らせないわけにいかないと一度実家に戻った。

案の定というべきか、両親は妊娠を知って大激怒。今すぐ相手の男を連れてこい、紹介できないような男なら子どもなど産むな、堕ろせと怒鳴られた。

両親の気持ちを思えば、心配するのは当然だ。だからといって堕ろすわけにはいかないし、皇樹さんの名前を出すわけにもいかない。両親に知られれば、やがては洸次郎さんの耳にも入ってしまうだろうから。

結局は両親と口論になり、私は勘当された。

そんなとき手を差し伸べてくれたのは、兄たちから話を聞きつけた紅葉だ。

わざわざ私に会いに来てくれた彼。激励――かと思いきや、ものすごく呆れた顔で叱られた。

「双子をひとりで産んで育てるつもり？　いろいろ無理すぎるでしょ」

自分が双子だったから余計に想像がつくのだろう。ましてやシングルマザーなんて自分でも無茶だとはわかっている。

「うちに来なよ。空いてる部屋もあるし」

「ダメだよ、紅葉に迷惑かけるわけには——」

「自分で言ったんじゃん、『なにかあったら頼って』って。それが一方通行だなんて言わないよね？」

自分の言葉をそのまま返されては反論のしようもない。

叱られ諭《さと》され、結局、出産を終えて仕事が決まるまでの間、紅葉の世話になった。

紅葉の仕事は基本的に在宅勤務だ。朝は七時に起きて情報収集、取引が開始される九時から数時間は部屋にこもり、お昼には部屋から出てきて昼食を取る。

昼食後は取引に加え、明日に向けて市場調査などをするらしい。たまに同業者やお偉いさんとの食事会があるらしく、出かけていく。

紅葉に生活費を出してもらう代わりに、私はせめて力になれたらと家事をこなした。紅葉は家が勝手に綺麗になって、おいしい食事が出てくると喜んでくれた。

ふたりで生活し始めて数カ月、私たちは誕生日を迎えて二十六歳に。それから少し経った冬の日に、柚希と柑音が生まれた。

紅葉は健康に生まれてきてくれてよかったと言いながらも、元気すぎる赤ちゃんたちを前にどうしたらいいだろうと困惑している様子。

加えて、出産で体力を奪われた私はぐったり。てんやわんやの育児がスタートした。

体調が戻ってすぐに仕事と保育園を探し始め、幸い、いい働き口が見つかって、子どもたちを預ける先も無事に決まった。

ワーキングママになって三カ月、まだまだ慌ただしいながらもなんとか生活が落ち着いたので、私たち三人は紅葉の家を出て保育園の近くに引っ越すことに。

シングルマザーの生活は苦しい。体力的にも精神的にも、経済的にも。

でも紅葉が頻繁に助けに来てくれるし、心配した兄たちからも、出産祝い、一カ月記念や百日のお祝い、ハーフバースデーなど、なにかしらの体《てい》でお祝い金が届き、なんとか生活できている。

なにより、ふたりのかわいい笑顔があれば、どんな苦労も乗り越えられる。安らかな寝顔を見れば、日中の疲れなんて吹き飛ぶのだ。

パパがいなくても子どもたちを立派に育ててみせる。ふたりを必ず幸せにする。

そんな決意で日々を過ごし、気がつけば二年の歳月が流れていた。

第四章　そっくりですが、あなたの子ではありません

二歳半になった柚希と柑音。父親のいない生活が当たり前で、私もシングルマザーとしてふたりを育て上げる覚悟を決めた。なのに――。

暗い部屋にふたつの寝息。日中、海辺ではしゃぎ回ったふたりを寝かしつけながら、思わずぽつりと漏らす。

「……どうしてあんなことを言ったの？」

再会した皇樹さんが放った言葉が頭から離れない。

『ずっと捜していたんだ』『俺は待っていてほしいと言ったはずだ』――まるで再会を心待ちにしていたかのような台詞。

良家の令嬢と政略結婚をして、父親の跡を継ぐんじゃなかったの……？

ほんの少し、期待してしまう。まだ彼は私を愛してくれているのではないか。子どもたちの父親になってくれるのではないか……。

婚約指輪は捨てられず、衣装ケースの奥底に眠っている。自然とそちらに目線が流れていって、考えを振り払うかのように自身の頬を叩いた。

彼の幸せを願うと決めたのだ。未練がましくしてはいけない。

もしかしたら、謝りに来てくれたのだろうか。結婚の約束を守れなくてごめん、迎えに来られなくてすまなかった、そう言いたかったとすれば納得だ。彼は今も私に負い目を感じているのかもしれない。

……そんなの、忘れてくれていいのに。

すぐ横で眠る柑音の頬をツンとつつく。甘えん坊の柑音は私にしがみつくように眠っていて、自由奔放な柚希は、ちょっと離れた位置でバンザイしている。

ふたりを私に残してくれただけで、充分だ。皇樹さんは私に宝物をくれたから、たとえ一緒になれなくても寂しくない、今はそう思うようにしている。

いずれにせよ、私や子どもたちの存在は、彼にとって足枷《あしかせ》にしかならない。

「絶対に知られないようにしないと」

二度と会わない、そう固く決意をして、子どもたちの隣で横になった。今日は私も疲れ果ててくたくたで、もう頑張れそうにない。

目を閉じたが最後、洗い物を残したまま、子どもたちと一緒に熟睡してしまった。


【うちでお泊まり会をしよう】

紅葉からそんなチャットメッセージが届いたのは、数日後のことだった。

ありがたいし子どもたちは大喜びだけど、先週も海浜公園に連れていってもらったばかりなのに、連続で紅葉の週末を奪って申し訳ない。

【イクメンならぬイクオジだね。すごく助かるけど、急にどうしたの？】

おどけてそんなふうに返してみると【まだオジサンじゃない】というツッコミが真っ先に返ってきた。二十八歳でおじさん扱いは不服らしく、子どもたちには『もみじにいちゃん』と呼ばせている。

「オジは〝おじさん〟じゃなくて、〝叔父さん〟のつもりだったんだけど……語源は一緒か」

ややこしいので、まあいいかとフォローをあきらめ、【ありがとう紅葉お兄さん、無理はしないでね】、そう送ると、ＯＫのスタンプが返ってきた。

土曜日の朝、私は玄関にお泊まりセットを置いて家を出た。夕方になったら紅葉が荷物を取りに車で寄ってくれるという。

私はいつも通り子どもたちを保育園に預け、ファニーグランマに出勤。土曜日はお客様が多い上に、サマーセールも開催中で大忙し。普段以上にあっという間に一日が過ぎていく。

定時の十八時、まだ売り場にはお客様が残っているけれど「芙芝さん、上がって大丈夫だよ」と吉原さんたちに後押しされ、スタッフルームに引き上げた。

帰宅の準備をしていると、売り場のヘルプに出ていたオーナーが戻ってきて「芙芝さん、ちょこっとだけいい？」と声をかけられる。

「実は相談があって」

そう言って見せられたのは、赤と茶色をベースにした秋らしい親子コーデだ。

「新作ですか？　素敵ですね」

まだ七月の上旬だが、そろそろ秋服の入荷に向けて準備が始まる。中旬にはもう、店頭に【NEW ARRIVAL】の札とともに長袖が並ぶのだ。

「でしょう？　イタリアでデザイナーをしている友人が先行して送ってくれたの。またモデルをお願いしようと思ったんだけど、今回はちょっと問題があって」

そう言って、オーナーはコーディネート一式をラックに並べる。お母さん用、男の子用、女の子用、そしてラックにはもう一着。

「パパが着る服、ですか」

大きめの一着を見て、男性用だと気づく。この店ではママコーデを扱うことが多いのだが、今回は珍しくパパコーデもあるらしい。

「そうなのよ……。芙芝さん、弟さんと仲がいいって言ってたから、お願いできるようならちょうどいいかと思ったんだけど、ちょっと難しいかしら？　もちろん無理にとは言わないわ。嫌だったら断ってくれて、かまわないからね？」

オーナーが気遣わしく尋ねてくる。

モデルの依頼はもともと、私がシンママで服飾費を捻出するのが難しいと知っているオーナーのご厚意だ。モデルを口実に親子揃って着られる服をプレゼントしてくれている。

とはいえ、今回の依頼は解釈の仕方によっては失礼でもある。私は気にしないけれど、父親がいないのにメンズの服をプレゼントされたと嫌がる人もいるだろう。

紅葉は着てくれるかな……。数秒悩んだけれど、これはこれで記念かな、なんてポジティブに考える。

「弟でよければお引き受けします」

ブログに上げるときは顔も隠すし、紅葉にはただのモデルだからと説明すれば問題ないだろう。代わりに服をあげると言えば、逆に喜んでくれるかも。

私の言葉にオーナーは安堵する。

「よかったわ。じゃあこれ、受け取って。ちょっと重いから、気をつけてね」

そう言って、オーナーは四着分の上下セットをショップロゴの入った紙袋に詰めてくれる。実際に買ったら、かなりの金額になりそうだ。

「私のほうこそ、いつも大助かりです。でも、いただいてばかりでも申し訳ないですし、社割扱いで半額だけでも――」

「いいのいいの。プロのモデルやカメラマンを雇わなくて済む分、経費が浮いてるんだから」

それなら、と私はありがたくいただいて帰宅の途につく。帰り道の途中で、紅葉からチャットメッセージが届いた。

【ちびっ子たちのお迎え完了。ご飯買って帰るから、姉ちゃんは先に俺の家に行ってて】

「もう？」

私がお迎えに行こうと思っていたのに、先を越されてしまったみたい。

添えられていたのは、子どもたちにほっぺをぎゅむぎゅむにされてる紅葉の写真。

私は【ありがとう！】とメッセージを送って、紅葉の家に向かった。鍵は持っているので、先に上がって夕食の準備をしておこう。

「お邪魔しまーす」

モノトーンのシンプルモダンな玄関は、オシャレに無頓着な紅葉に正直似合っていない。せっかく巨大なシューズボックスもあるのに中身はスカスカだ。

革靴二足にスニーカー二足、サンダルとトレッキングシューズがひとつずつ。ひとつ買ったらひとつ捨てる、必要なものが必要な数だけあればいいというタイプだ。ただ革靴とスニーカーは履けなくなったときのために必ず予備を用意しておく周到さ。

そんな几帳面な紅葉は、靴をきちんとボックスにしまうのだけれど、今日は革靴が一足だけ外に出ていて、あれ?と私は首を傾げた。

最近、スーツで外出でもしたのだろうか。仕事柄、企業の重役と会食なんかもあるらしく不思議なことではないけれど。

それにしても、随分高級そうな革靴だなあ。こんなオシャレな靴、持っていたっけ？　サイズもちょっぴり大きそうだし。

違和感を覚えつつも、私は玄関を上がり、リビングに向かう。

二十畳を超える広々としたリビング。夜はローテーブルやソファを端に寄せて、布団をふたつ敷いて三人で眠る予定だ。柚希と柑音はごろごろ転がるから、私は端っこで小さくなって眠ると思う。

なんの気なしに部屋の奥に目をやると、壁一面の大きな窓の前に人影を見つけて、驚きからびくりと震え上がった。

誰かいる！　紅葉？　……ううん、違う。艶やかな黒髪も、一八〇センチをはるかに超えるすらりとしたうしろ姿も、うちの弟じゃない。

ブラックのスーツを纏うその男性が、ゆっくりと振り返る。

「楓」

整った麗しい顔立ちに、甘みを含んだ伸びやかな低音ボイスは、間違いようがない。

「皇樹さん！」

どうして彼が……⁉　状況が理解できなくて、一歩、二歩とあとずさる。

「紅葉くんに頼んで、時間をもらったんだ。少しでいいから、逃げないで話を聞いてくれないか」

再会したあの日、紅葉が彼の名刺を胸ポケットにしまい込んだのを思い出す。まさか、あれを使って連絡を取ったの？

「……え、待っ……」

私はすぐさまバッグからスマホを取り出し、紅葉に電話をかける。

「――もしもし、紅葉⁉　一体どういうこと⁉」

《あー姉ちゃん。皇樹さんに会えたー？》

朗らかな声が響いてきて、眩暈がした。紅葉が家に皇樹さんを招き入れたのは、間違いじゃなさそうだ。

「『会えたー？』じゃないでしょ⁉　なに考えてるの？」

《だってさ、一度腹割って話したほうがいいと思って。姉ちゃんにも事情があるにせよ、柚希も柑音も、ふたりの子どもなんだから》

正論を突きつけられ、ごくりと喉が鳴った。紅葉の言い分は客観的に見て、至極真っ当だ。ふたりは皇樹さんの子どもで、彼はすべてを知る権利がある。

でも、もし知ってしまったら、彼は苦しむことになるだろう。築いてきた地位も家庭も崩壊してしまうかもしれない。

《言っておくけど、俺はなにも話してない。子どものことも、シングルマザーしてるってことも。皇樹さんには、機会は与えるけどそれでも姉ちゃんが話したくないって言うなら、それ以上は追及しないでやってって言ってある。だから姉ちゃん、話すか追い返すかは自分で決めて》

子どものことは知られていないと聞いて、わずかに安堵する。ようやく冷静さを取り戻し頭が回り始めた。ふう、と短く息をついて「今どこ？」と尋ねる。

《ファミレスだよ。みんなでうどん食べてるとこ》

「ふたりは元気？　ちゃんと紅葉の言うこと聞いて、いい子にしてる？」

《今のところお行儀よくしてるよ。もう少ししたら帰るから》

それだけ告げて通話が切れる。観念してスマホをバッグにしまい、皇樹さんに目線を向けた。

「……紅葉くんは、大丈夫そうだった？」

彼がわずかに眉をひそめて尋ねてくる。

「はい。今、子どもたちと一緒に夜ご飯を食べているそうです」

「そうか」

皇樹さんがゆっくりとこちらにやってくる。私が逃げ出さないのを確かめながら、ソファの一番遠い席に腰を下ろした。

「楓。聞きたいことはたくさんあるけれど、まずはひとつだけ教えてほしい」

誠実な眼差しが、こちらに向く。

「あの子どもたちは、俺の子なのか？」

すうっと息を吸って、テーブルを挟んで対角線上にあるひとりがけのソファに腰を下ろす。

素直に打ち明けるべきか、隠し通すべきか——彼のためを思えば後者だろう。

たとえ無理な嘘をつくことになっても、バレバレだとしても。私が違うと言い張れば、彼は今のままでいられるのだから。

「違います。あれは皇樹さんの子どもではありません。別の方の子どもです」

静かにかぶりを振ると、皇樹さんは「そうか」と頷きうつむいた。考えを巡らせるように、腕を組んで視線を下げる。

納得してくれたのだろうか？　彼の心の内が読めなくて、少しだけ怖い。

「……その大きな紙袋は？　洋服？」

ふと彼の視線が私の手もとに向かう。大きな紙袋を担いでやってきたから驚いたのだろう。私は「ああ、これは――」と説明して紙袋を開けた。

「仕事で使う服です。撮影が終わったら、もらえることになっていて」

「以前働いていたメーカーは辞めたと聞いたが……モデルでもしているのか？」

「ただの販売員ですよ」

そこではたと気づく。

「……私が仕事を辞めたって、よくご存じですね」

「楓の行方をずっと捜していたから」

ドキンと胸が震える。動揺を押しころし「今は、小さなアパレルショップでパートをしています」と説明した。

「このロゴのお店？　ファニー……グランマ？」

「ええ。子供服のお店なんです。親子のコーディネートなんかも取り扱っていて」

子どもたちの秋服を取り出す。ベージュのニットに赤いタータンチェックのボトムス。女の子はキュロットで、男の子はショートパンツだ。

「男女の双子ってお揃いを着せるとすごく映えるので。モデルを雇うよりもかわいいし売上が伸びるからと、宣伝を任されているんです。その謝礼として服をいただいていて」

私が着るのは子どもたちとお揃いのタータンチェックのシャツにベージュのニットワンピだ。

そして、紙袋から最後に出てきたシャツとチノパンは明らかにメンズのサイズで、
私は「あっ」と声を漏らした。

「こ、これは、主人が着るんですっ。紅葉じゃないですよっ」

いもしない『主人』を捏造《ねつぞう》してしまった。しかもなんか余計なひと言を言った気もする……。

皇樹さんは冷静に「そう」と頷き、静かに切り出した。

「三年も君を放り出して仕事をしていた俺が、心配する権利などないのかもしれないけれど――」

彼がこちらに向ける真っ直ぐな眼差しに思考を奪われる。

「今、幸せか？　苦労はしていない？」

思わず声に詰まり、ハッと息を呑んだ。

今、私は幸せだ。皇樹さんが残してくれたふたりを大切に育てながら、姉思いの弟に助けられ、この上なく恵まれていると思う。

けれど、もしも許されるならば私は――。

そのとき、ガチャッと玄関のドアの開く音が聞こえた。同時に「ただいまー！」という元気な声がふたつ。ちょっぴり疲れが混じった「帰ったよー」という声も。

ドタタタタという激しい足音が響いて、二匹の怪獣が廊下から飛び出してきた。

「あ！」

柚希が私の左脚に飛びつきながら、皇樹さんを指さす。

「出たな、わるもの！」

そのうしろから、柑音が半泣きで私の右脚に縋りついてきた。

「ママをいじめないでえ～」

泣き声と叫び声がリビングに響き渡る。

「ああ～、ちょっと待ってよふたりとも～」

遅れてやってきた紅葉は、通園バッグや水筒、手提げを両手、両肩に抱えている。

びっくりするほど大荷物。そういえば今日は週末、シーツやタオルのお持ち帰りデーだった。

「もみじにいちゃん、わるものいるよ！」

「やっつけてえ～……」

紅葉はすっかりまいった顔で「いやいや、だから、この人はママのお友だちだって」と説明する。

すると、皇樹さんがこちらにやってきて、私の前に——正しくは子どもたちの前に膝をついた。

「ママをいじめに来たんじゃない。俺はママを助けに来たんだ」

すると、ふたりは私にしがみつきながらも、目をまん丸くして皇樹さんに向き直った。

「ママが困っていたり、つらそうにしているとき、助けてあげたいと思ってる」

皇樹さんの言葉を理解できたのか、ちょっぴり怪しいけれど、それでも誠実さは伝わったみたいでふたりは真面目な顔になる。

「ママのおしごと、たすけてくれる?」

柚希の言葉に、皇樹さんは「もちろんだ」と答える。

「ママ、おりょうりも、たいへんよ?」

「だったら、お料理も手伝ってあげよう。ママが楽になる方法を俺が考える」

皇樹さんが柑音の目を見て、しっかりと頷く。

「おそうじも」

「あらいものも」

「おようふくのじゅんびも」

「ぜんぶ、ママがするんだよ」

私の日常が取り留めなく、輪唱のようにふたりの口から紡がれる。

「あとね、かのんがすぐなくから、ママこまってる」

「ゆじゅがわるいこと、するかられしょー!」

柑音の目にぶわっと涙が溜まる。

すると、皇樹さんが柑音の頭の上に手を置いた。

自分の上でポンポンと優しく跳ねる大きな手を、柑音はぽかんと見つめる。おかげで涙は吹き飛んだみたいだ。

「ママは、毎日ひとりでがんばっているのか……？」

皇樹さんがわずかに声を震わせながら、ふたりに尋ねた。

「もみじにいちゃんがいるよ」

「もみじにいちゃんがパパ？」

「ちがうよ、もみじにいちゃんは〝オジサン〟だよ」

傷口を抉《えぐ》られた紅葉が小声で「オジサンじゃなくてお兄さんなー」と控えめに訂正する。

「ママがパパなんだよ。ママがパパになるって、いってた！　だから、パパはいないけど、さみしくないんだよ」

柑音より少しだけお喋りが得意な柚希が、得意げに説明した。『パパはいない』と明かされてしまい、気まずさと焦りからサッと目を逸らす。

だがその言葉は私が日頃、ふたりに言い聞かせていたこと。『どうしてパパがいないの？』という素直な質問に『パパはいないけど、その代わりにママがパパにもなるから大丈夫だよ』と。

胸に熱い思いが込み上げてくる。覚えていてくれてありがとう、私を信じてくれてありがとう。それでもやっぱり寂しい思いはさせているだろう、ごめんねという葛藤が混じり合う。

皇樹さんはふたりの会話から様々なことを読み取ったようだ。「そうか。ママはパパの分も、頑張っていたんだな」、そう整理するように呟いて、再び真摯な目でふたりを順番に見つめる。

「なら、これからは俺がママを助ける。ママが少しでも楽になって、ふたりとたくさん一緒にいられるように」

その言葉に、子どもたちの顔がパッと明るくなる。

「ほんとに？」

「ママをたすけてくれるの？」

「もちろん。俺はママが小さい頃から、ずっと守ってきたんだから」

つぶらな瞳がこちらを覗き込んでくる。

「ママ、ほんと？」

「わるものじゃない？　せいぎのしと？」

日曜日に放送している戦隊ヒーロー『正義《せいぎ》の使徒《しと》★ダイヤレンジャー』を想像している柚希に、私はちょっぴり苦笑する。

「……そうね。ダイヤレンジャーではないけれど、小さい頃からママを守ってくれてたわ」

皇樹さんは出会った頃から——ピンク色の薔薇の花束をくれたあの日から、ずっとそばで守ってくれていた人、それが事実だ。

ふたりの警戒心が和らいだ。目の前のこの人は、ママをいじめる悪い人ではない、ママを助けてくれる人だ、そう理解したようだった。

「またママに会いに来てもいいかな?」

尋ねる皇樹さんに、柑音は私の脚にぎゅっと抱きつきながらも、まん丸い目をキラキラさせて答える。

「うん……いいよ」

柚希は眉をきりりと上げて皇樹さんを睨んだ。

「ママをたすけてくれるなら、いいよ」

「ありがとう、ふたりとも」

皇樹さんはふたりの頭を両手で撫でると、立ち上がり私に向き直った。

昔よりもさらに力強く、頼もしく、雄々《おお》しげに放たれるオーラは、この三年間で彼が人の上に立つ人間に成長したことを物語っているかのようだ。

誇らしい気持ちと同時に、私が知らない彼になってしまったかのようで、少しだけ怖くなる。

「この三年間、俺が仕事を優先してきたのは言い訳のしようもないよ。君に愛想を尽かされても仕方のないことをしたと思ってる」

皇樹さんの言葉に、違う！と叫び出しそうになる。愛想を尽かしたわけでもない。仕事を優先する彼を否定するつもりもない。ただ、私は――。

なにも言えずに唇をかむと、彼が私のよく知る優しい眼差しになった。

「これ以上の詮索を楓は望まないんだろう。けれど……力になりたい。俺は三人を幸せにしたい」

囁かれた切ない願いに、これまで押しころしていた感情が溢れそうになる。

ずっと会いたかった。愛していた。

しかし、決して口にしてはいけないと、私は拒絶するように首を横に振る。

彼は表情に悲しみをにじませたけれど、すぐにまた精悍な顔つきに戻った。

「……許されるなら知りたい。この三年で君の身になにが起きたのか。そして償わせてほしい」

この子たちが自分の子どもであると直感しているのだろう。口にはできない理由があることも。もしかしたら、私がまだ皇樹さんへの未練を断ち切れていないことまで、気付いているのかもしれない。

私は心のどこかで、まだ彼と一緒になりたがっている。自身の意志の弱さを呪った。

皇樹さんを一度見送ったあと、紅葉の家の大きなお風呂に、私と柚希と柑音の三人で入った。ボタンを押すとぶくぶくと泡が出るものだから、ふたりは大喜びだ。

それから、リビングのローテーブルとソファを端に寄せて、布団を二枚敷いた。

慣れない環境にそわそわしていたふたりだけれど、保育園でたくさん遊んで疲れていたのだろう、部屋を暗くしたらあっという間に眠ってしまった。

いつもよりちょっぴり夜更かしになってしまったものの、二十一時半には就寝完了。

「じゃあ、申し訳ないけど、ふたりをお願い」

これから皇樹さんとあらためて話をしに行くつもりだ。紅葉に子どもたちを頼んで、私は外出の準備をする。

「今、皇樹さんに連絡した。下で待ってるってさ。ちゃんと話し合ってきなよ。っつか、連絡先交換しなよ」

間を取り持つ紅葉が、少々不満げに漏らすので、私はあははと苦笑してごまかした。

「いろいろありがとう。行ってくる」

皇樹さんとの再会は、避けては通れない道だったと、今では思っている。今後どうなるにせよ、けじめはつけるべきだ。

マンションを出ると、車寄せに真っ白い高級車が停まっていた。運転席の皇樹さんが私を見つけて、助手席のドアを開けてくれる。

「子どもたちは眠った？」

「はい。紅葉が見てくれています」

「じゃあ、少し走らせても大丈夫かな」

そう言って、彼は車を発進させる。

皇樹さんと話す決意をしたのは、このままではいられないのはもちろん、なにより彼の誠意が伝わってきたから。

お互い、すれ違いや誤解がたくさんありそうだ。私も皇樹さんがどうしてここにいるのか、『償わせてほしい』とはどういう意味なのか気になって落ち着かない。

イギリスに家族がいて、幸せに暮らしていると言うのなら、子どもたちはあなたの子ではないと嘘をつき通すつもりだ。償う必要などないと、安心させてあげようと思う。

そして、あらためてさよならをする――そんな決意で助手席に乗り込んだ。

「……まずは謝らせて。君を見つけるまで、時間がかかってしまった」

フロントガラスの奥に目を向けながら、皇樹さんが切り出す。

「それは、私が姿を消したからで……」

「一年で帰ってくると約束したのに、三年もかかった俺が悪い」

向こうで婚約したのなら、帰ってこないほうが自然だ。だがその言い方はまるで――。

「ようやく帰国の目途が立った。今は父の葬儀のために一時帰国しているが、秋にはイギリスでの仕事を終えて日本に戻る」

「え……」

驚いて彼を見つめる。イギリスで家庭を築いたのではないの？　でもそれ以上に驚いたのは――。

「お父様が、お亡くなりに……？」

「ああ」

皇樹さんはわずかに目を伏せて、瞳に憂いを混じらせる。父親が亡くなって心が痛まないわけがない。血の繋がりのない私でさえ、あのお元気だったお父様が亡くなったと聞いて、悲しいもの。

「お悔み申し上げます……その、本当に……」

声を詰まらせてうつむくと、彼が柔らかく息を吐くのが聞こえた。

「覚悟していたから。今は割り切って、父に誇れる生き方をすることだけを考えているよ」

もうすでに皇樹さんは未来を見つめている。いや、そうせざるを得ないのだろう。

悲しみに浸る時間もない、過酷な立場でもある。

「父が亡くなると同時に跡を継いだ。今携わっているイギリスでの仕事を引き継いだら、日本に戻って、グループ代表としての職務に集中するつもりだ」

「……無事に跡継ぎになれたんですね」

その言葉を聞いてホッとした。

「夢が叶いましたね」

自力で手繰《たぐ》り寄せたものだから、叶ったというよりは達成したと言うべきかもしれない。彼は「ああ」と頷く。

「叶えていない夢は、あとひとつだけになった」

彼は信号の合間に鋭い目をちらりとこちらに向けてきた。

「あの子たちは、俺の子だよな。幼い頃の俺とよく似ている。ふたりの年齢を考えても辻褄が合う」

唐突に本題を切り出され戸惑う。答えあぐねていると、彼が「なにより」と言い募った。

「楓が俺以外の男に体を許すとは思えない。……思いたくない」

切ない顔でそう口にするので、あなたの子ではありませんなんて言えなくなってしまった。

なにより皇樹さんにそっくりな子どもたちが遺伝子レベルで真実を告げている。もしＤＮＡ鑑定でも求められようものなら、言い逃れできない。

「…………はい。ふたりはあなたの子です」

とうとう追い詰められて告白する。

「嘘をついてすみませんでした。ですが、皇樹さんに迷惑をかけるつもりはありません。なんの相談もなしに勝手に産んだことは、申し訳なかったと思っています。でも、私ひとりで育てる覚悟があったからこそで――」

膝の上の手をきゅっと握り込む。運転する彼の横顔に向かって、力の限り訴えた。

「謝罪も償いもいりません。皇樹さんはご自身の家庭を大事になさってください」

「『ご自身の家庭』、とは?」

彼があからさまに眉をひそめる。

「それはもちろん……イギリスに住む、皇樹さんの奥様とか」

「いったいなんの話だ?」

彼の、とぼけているにしてはあまりにも純粋なリアクションに、今度は私が眉をひそめた。

「イギリスの格式高い家のご令嬢と、結婚したんですよね?」

「婚約者がありながら、別の女性と結婚するわけないだろう」

聞いていた話とあまりにも食い違っていて動揺する。まさか皇樹さんは、今でも私のことを婚約者と思ってくれているの? 洸次郎さんからの伝言が伝わっていない?

それ以前に、ご令嬢との婚約はどうなったのだろう。

「良家のコネクションがなければ跡継ぎになれないって……イギリスのご令嬢と婚約したって……」

「その話、誰から聞いた?」

皇樹さんの目がすっと細まる。まるでその言葉の主が思いあたるかのように警戒心をあらわにしている。

なんとなく洸次郎さんの名前が出しにくくて押し黙ると、彼はふっと小さく息を吐き出した。

「政略結婚などしなくてもコネクションは築ける。そのための海外赴任だ。経験も積んで、跡を継ぐに相応しい実績をこの三年で手に入れてきた」

ちらりと私を横目で確認しながら「だからあとは、楓を迎えに行くだけだった」と言葉を切った。

「そんな……」

本当に、本当に彼の言うすべてが真実で、政略結婚の話がなかったとするならば。

もう私が身を隠したり嘘をついたりする理由はないの？

それならどうして洸次郎さんは、土下座までして私に身を引くよう頼んだのだろう。

「誤解が解けたなら言わせてくれ。まだ俺が叶えられていない夢は、楓の隣にいることだ」

その声の熱に、凍りついていた心が動き出す。

「楓。約束通り迎えに来た。俺と一緒になってくれ。ともに生きてほしい」

目の前に三年前と同じ彼がいて、まるで時が戻ったかのように、あの頃の愛おしさが込み上げてくる。

ずっと愛してきた人。幼い頃から私を守り導いてくれた許嫁。

「待たせてすまなかった。楓ひとりにつらい決断を押しつける形になって。謝っても許されることじゃないが」

その声にいっそうの熱がこもる。嘘偽りのない言葉が、私の心に空いていた穴に流れ込んでくる。

「だからこそ、俺の残りの人生すべてを君に——君と子どもたちに捧げたい」

「私は……」

彼なしでは生きていけないと、本当はわかっている。今すぐ彼の言葉に甘えて、三年分の心の欠けを埋めたい。子どもたちに、この人がお父さんだよと教えてあげたい。

けれど、まだすべての問題が解決したわけじゃない。私の家柄は変わらないし、身分の差が埋まるわけでもないのだ。この先、皇樹さんや子どもたちがみじめな思いをする懸念が消えたわけじゃない。

答えられない私に、彼が言葉を添える。

「少し考えてほしい」

「……はい」

無理に言いくるめることはせず、私のペースに合わせてくれる。三年前と同じ優しい彼がそこにいた。

しばらく車を走らせると、そこは思い出の海浜公園。そして私たちが予期せず再会した場所だ。

誰もいない夜の駐車場に車を駐め、外に出る。懐かしい海辺の景色を眺めながら、私はこの三年間の出来事を少しずつ彼に伝えていった。まるで自分の感情を整理するかのように。

会社を辞めて、お腹を隠しながらアルバイトをしてきたこと。親に勘当されてしまったこと。出産まで支えてくれた紅葉への感謝。慌ただしかった育児。素敵なオーナーに出会えて、今は楽しく働いていること。

「あの服は紅葉くんが着るんだな」

オーナーからもらった秋服について切り出した皇樹さんに「嘘をついてごめんなさい」と謝る。

「いや、いいんだ。ただ、いつか俺も子どもたちとお揃いが着たいなって」

はにかむように言う彼の表情にも、内容にもドキリとさせられる。

「悪い。ただの願望だ。……でも、これだけはわかってほしい」

立ち止まり、真摯な眼差しをこちらに向ける。

「君にとっても、子どもたちにとっても大切な三年間に、俺はなにもしてやれなかった。二度と苦しい思いはさせない」

「皇樹さん……」

私の気持ちを精一杯尊重しながらも、そう力強く伝えてくれた彼に、これまで強張っていた心が緩くほぐれていくのを感じた。

皇樹さんは心から私と子どもたちを想ってくれている。

「君がどんな決断をするとしても、必ず力になるから」

切なげな表情をして掠れた声でそう漏らすと、私を力強く抱きすくめる。

温もりに包まれ、彼への愛おしさが今にも溢れ出してしまいそうだった。

第五章　俺の特別な人

楓に初めて会ったのは、八歳のとき。将来結婚する女性だと言われても正直ピンとこなかった。

ただ、かわいらしい妹ができたようで、それなりに嬉しかったのは覚えている。

「好きです。わたくしとお付き合いしていただけませんか？」

高等部に入学して三カ月、このシチュエーションはもう何度目かわからない。

中等部までは風紀が乱れるという理由から生徒間の男女交際が禁止されていて、ここまであからさまに告白されることはなかった。いっそ高等部でも禁止にしてほしい。

加えて、今日は廊下のど真ん中で、周囲にほかの生徒がいるにもかかわらず告白されたのでまいってしまった。

相手は誰だかわからない。が、胸もとのリボンの色を見るに、一学年上のようだ。

……話したこともないのに、どうして好きだってわかるんだ？　正直、俺には理解できない。

「すみません。許嫁がいますので、ほかの女性とはお付き合いできません」

『許嫁がいる』――その呪文のような言葉を紡ぐと、大抵の女性は納得してくれる。

自分が振られたわけではない、仕方がないのだとあきらめがつくらしい。

しかしこの女性に限っては、教室に戻ろうとする俺の腕を掴んで「待って」と縋りついてきた。

「その方はご両親が勝手に決めたお相手でしょう？　皇樹さんは納得されているんですか？」

名字すら知らない相手に、馴れ馴れしく下の名前で呼ばれてしまった。自分も知られていて当然と考えているのかもしれない。おそらく結構な名家の出身なのだろう。

この学校には、良家のご子息ご息女がたくさん通っている。だからこそ『許嫁』なんていう浮世離れしたワードを放っても、自然に受け入れてもらえるのだ。

「ええ。俺にはもったいないくらい、素敵な女性です」

その手を離してくださいと言いたいところではあるが、直接的な表現は控えて失礼のないように微笑みかけると。

「その女性をわたくしに紹介してください！　どちらが皇樹さんのお相手に相応しいかはっきりさせますわ」

ここまで粘る女性は初めてで面倒になってきた。

「失礼、授業に遅れますので」

手を振り払うと、彼女はぽかんと目を見開いて間抜けな顔になった。男性からぞんざいに扱われたのは生まれて初めてだったのかもしれない。

しかし、あきらめずに俺の背中に向かって叫ぶ。

「必ず見つけ出してみせますわ！　そして、わたくしのほうが皇樹さんに相応しいと証明してみせます」

ぴたりと足を止める。俺が絡まれるのはかまわないが、楓に害が及ぶとなれば話は別だ。

「彼女に危害を加えるなら容赦しない」

肩越しに振り向き睨みつけると、ようやく失言したと気づいたのか、女生徒がびくりと震えた。

「すまないが、君には興味がないんだ。これ以上、詮索しないでくれ」

冷ややかに言い置いて、その場を立ち去る。さすがにもう追いかけてはこなかった。

教室に向かう途中、「見たよ～」という軽快な声が背後から飛んでくる。

「すごいな。十年以上、一緒にいるのに怒ってるとこ初めて見た。っていうか、怒るんだ？　むしろ叱られたいドMなファンが増えちゃうんじゃない？」

　そう軽口を叩くのは、クラスメイトの成元《なりもと》だ。久道家に次ぐ名家の出身。この学校はエスカレーター式なので半数は幼稚園の頃からの知り合いなのだが、彼とは家族ぐるみの付き合いでとくに親しくしている。

「今の先輩、誰だか知ってる？」

「『立の木《たちき》建設』の社長令嬢」

「ああ、よかった。それならなんとかなる」

　遺恨《いこん》を権力でねじ伏せられる相手で安心した。後先を考えなかったわけではないが、楓を害する芽を摘むほうが俺にとっては重要だった。

「これ以上誰もかかわってこないように、『許嫁がいる』って、声を大にして主張してるんだけどな。どうしてみんな聞いてくれないんだろう」

「恋する乙女には都合の悪い事情は聞こえないんだよ」

「勝手に恋されても困る。面識もないのに」

「その顔に生まれたことを呪いなよ」

　成元がけらけら笑う。彼も彼で良家の生まれな上に、外見も整っていて女性人気が高いらしいが、俺の陰に隠れてやり過ごそうとするところはずるい。

「でさー。その許嫁ちゃんはどんな人なの？　俺、ずっと気になってるんだけど」

「言わないよ」

「もしかして断る口実？　実はいないの？」

「いる。詮索されたくないだけだ」

するど、成元が俺の肩に腕を回し、顔を近づけてきた。

「俺の口の堅さ、知ってるじゃーん？」

確かに彼は、チャラい言葉遣いとは裏腹に、情報を腹に溜め込みここぞというときに使う知性を持つ男だ。口が堅いと言えなくはない。だが——。

「教えるメリットがないだろ」

みすみすネタを提供してやる義理はない。腕を振り払い教室に入ると、うしろからおどけたような声が飛んできた。

「せっかく匿《かくま》ってやったのになあ」

ひくりと頬が引きつる。中等部卒業の日、シャツのボタンをもらおうと追いかけてきた女子生徒たちから匿ってくれたのは確かに成元だった。

「今年のバレンタインもひどいだろうなあ。でも、もう匿ってやれないかもなあ」

「……わかったよ」

まあ、軽く情報を流して恩を売っておくのもいいかもしれない。この男なら、楓を害するような真似はしないだろう。したらどうなるか、わからないほど鈍くはない。

渋々了承して自席についた。


「なんだ、許嫁の子、まだ中一かあ。じゃあ、あと三年はお預けだな」

放課後、人気《ひとけ》のない中庭の一角で楓のことを話すと、成元はそんな感想を漏らした。

「待て。お預けってなんだよ」

「決まってんじゃん。さすがに中学生とはまずいだろー」

いかがわしいであろう内容に、俺は壮絶に眉をひそめる。

「いや、高校生もまずいだろ」

「え？　高校生はよくない？　むしろ、高校生がよくない？」

「ダメに決まってるだろ！」

思わず口調が荒くなる。俺は楓を幼い頃から知っている。彼女はとても大切な、それこそ妹のような存在だ。おいそれと手なんて、出せるわけがない。

なにより、純粋無垢で穢《けが》れない楓に己の浅ましい性欲をぶつけるなんて、できるわけがなかった。

「じゃ、いくつならいいんだよ」

「……二十歳くらいか？」

「いやいやいや、プラトニックが度を越えてる！」

確かに、二十歳前に体を重ねる男女は山のようにいるだろう。だが――。

「十代のうちに手を出すなんて、彼女の父親に合わせる顔がない」

俺は楓の将来を任されている身だ。許嫁であると同時に、彼女が立派な大人に成長できるよう導く義務もある。

「つか、その子が二十歳のとき、お前はすでに二十三なわけだけど？　それまで指一本触れずに我慢できるのかよ。今から七年もお預けってことだぞ⁉　無理だね、耐えられるわけがない」

痛いところを突かれ、ぐっと押し黙る。今はまだ楓に性的な魅力を感じていないから悠長なことを言っていられるが、今後女性らしく成長していく彼女を前に理性が保てるだろうか。

だが、彼女を妹のように大切にしているのも事実だ。

「耐えてみせるさ」

まるで愛の深さが試されているかのようだ。なおのこと、絶対に手を出すまいと意地になって誓った。

しばらくは兄妹のような関係が続いた。彼女も俺に純粋に懐いてくれている。この信頼関係を壊さないよう、女性として意識をしてしまわないよう、常に一線を引いて接してきた。

だが高校生、大学生と成長し、大人に近づいていくにつれ、女性としての魅力から目を逸らせなくなってきた。なにしろ彼女は美しく、かわいらしい。

……モテるだろうな。狙っている男も多いはず。告白のひとつやふたつ、されただろう。そう考えると、情けないことに焦りが沸き上がってくる。

さっさと押し倒して自分のものにしてしまえたら。ほかの男に脇目も振れないくらい、腕の中に閉じ込められたら。そんな欲望から目が逸らせなくなる。

必死に己を押しころし、優しいお兄さんに徹し続けていたが、思わぬ言葉を投げかけられたのは、彼女が大学一年生のときだった。

『……私、皇樹さんが好きです』

彼女のほうから誘わせてしまったことに、罪悪感を覚える。今すぐ抱いてしまおうか――そんな誘惑が頭をよぎり、理性を総動員して抑え込む。

優しいお兄さんのまま、でもほんの少しだけ本音を覗かせて、ソフトなキスで応じると、彼女は大人っぽい瞳でうっとりとこちらを見上げてきた。

『この続きは二十歳になってからだ。……いいね？』

まるで自身に言い聞かせるかのように楓をなだめる。

『この続き』まであと一年弱。彼女を女性として抱く日が来たら、プロポーズをしよう。卒業したらすぐに結婚しよう。

彼女への執着は、我慢し続けてきた反動なのかもしれない。とにかく、清くて美しい彼女を自分だけのものにしたいと同時に、自身の中のけだものを抑え込むので精一杯だった。

しかし、二十歳を目前に芙芝紡績は売却に近い形の提携を結び、芙芝家は代々続く経営の任から退いた。


「ちょうどよい機会だ」

身内だけの会食で、そう揚々と発言したのは三条洸次郎――父の弟で、久道グループの経営の一端を担う男だ。父とは歳の離れた兄弟で、三十代後半とまだ若い。

これまでは大人しく父に従ってきたが、近年では一グループ会社の社長という地位に満足できなくなったのか、野心を持て余しているように見える。

「芙芝紡績に執着する必要など、端からなかっただろう？　この機に、もっとよいコネクションを築ける家との縁談を考えてみては。私が手配するよ」

妙に政略結婚に乗り気なのは、自身が縁談を経験しグループの拡大に役立てたから――などと本人は言っているが、そこまで献身的な人間ではないと俺も父も知っている。

自身と繋がりの深い経営者の親族を俺に嫁がせ、父の死後、裏から操りたいのだろう。俺をお飾りの代表に祭り上げ、その背後で実権を握りたいに違いない。

「芙芝の家とは、妻が親しかったんだ。ぜひとも皇樹の未来の妻にと。だが、そうだな……見直してみるのも悪くない」

そう口にしたのは父。最近、持病の具合がよくないようで食事制限も多く、特注の懐石を作らせたもののあまり食が進んでいないように見える。

「お言葉ですが。政略結婚による規模拡大など、たかがしれています」

俺の反論にぴりりと空気が張りつめた。叔父は涼しい顔をしながらも、楯突かれ腹を立てているのがわかる。

「結婚に頼るのではなく、経営自体を見直すべきです」

叔父の口もとに嘲笑が浮かぶ。なにしろ俺は、社会人になってまだ一年目、ひよっこもひよっこだ。経営どうこうを謳ったところで、なんの説得力もない。

父も挑発的な笑みを浮かべた。

「それができれば苦労はないんだがな。政略結婚は確実な後ろ盾となる。どれだけ凡庸な経営者でも、それに頼ればトップに立てる。いわば保険だ」

このひと言に反応したのは叔父のほうだ。小バカにされたと思ったのだろう、無言で口の端を引きつらせている。

俺は「今の私がなにを言っても大言壮語《たいげんそうご》でしょうけれど」と前置きして、父に向き直る。

「見ていてください。政略結婚などに頼らなくても、久道グループを発展させてみせます」

その言葉に、父の表情がふわりと柔らかくなる。もともと、俺の意見に反対する気はなく、覚悟が問いたかっただけらしい。

「そこまで芙芝のお嬢さんを気に入っているのか?」

「ええ。ずっと婚約者だと思って接してきましたから。今さら結婚できないと言われても」

苦笑して答えると、父も緩やかな笑みで応じてくれた。

「好きにしろ。その代わり、口だけの男にはなるなよ」

「もちろんです」

了承すると、ようやく父が食事を口に運んでくれた。とはいえ食すペースは遅い。

十年、二十年と経験を積んで代表の座を継ぐ予定だったが、もしかしたら代替わりのタイミングは、もっと早く訪れるかもしれない。

考えたくもないが、頭の片隅に入れておく必要がある。そのときまでに、誰もが納得する実績を作っておかなければ、政略結婚させられかねない。

「皇樹の将来が楽しみだ」

叔父はそう言って、薄ら寒い笑みを浮かべた。


その後、会社の帰り道で予期せず楓と顔を合わせた俺は、久道家に嫁ぐ資格がない、そう思い悩んで逃げ出そうとした彼女を捕まえて、これまで頑なに隠していた情熱を暴露した。

俺だけのものにしたいという独占欲。ひび割れていく理性。

二十歳の誕生日、待っていましたといわんばかりに彼女をかき抱いて、自分のものにした。我ながら大人気ないとは思ったが、喜ぶ彼女も彼女で悪い子だ。

自身の腕の中で眠る彼女を見て、その愛らしさに吐息を漏らす。

だが楓はもうかわいいだけの女の子ではない。この先の長い人生を家の力に頼らず、ひとりで強く生きていこうと模索していた。

……本当は、卒業に合わせてプロポーズしようと思っていたのだけれど。

就職に向かって前向きに頑張る彼女を否定できず、背中を押した。

父の容態は悪化していて、代替わりのタイミングは早々にやってきそうだ。早めに手を打たなければ、父の力が衰えた隙に、叔父に代表の座をかっさらわれるだろう。

俺はイギリス行きを決意し、楓に待っていてほしいと伝え、婚約指輪を渡した。

今さらながらに、あのとき叔父が浮かべていた挑発的な笑みの理由をよく考えておくべきだったと思う。

まさか楓を唆《そそのか》し、婚約を邪魔してくるとは。警戒し、あらかじめ手を打っておけば、こんな事態にはならなかった。己の考えの甘さが憎らしい。

「はぐらかさないでください」

三年ぶりに楓と再会し、事情をすべて聞いたあと。再渡英を控え、俺は叔父の秘書に連絡をつけ、彼のいる久道運送本社の社長室を訪問した。

「楓に誤った情報を吹き込んだのはあなたですね。俺がイギリスで婚約をしたと」

楓から首謀者の名前を直接聞いたわけではないが、そんなことを画策するのは彼しかいない。なにより許嫁が楓であることを知っているのは、父と叔父、一部の親族など限られた人間しかいないのだ。

「誤解だよ」

四十代中盤の彼は、相変わらず小洒落たイタリアンスーツに身を包み、柔らかくパーマした黒髪をかき上げ、皮肉めいた笑みを浮かべた。

「確かに楓さんには会ったけれど、皇樹が『婚約した』だなんて言ってないよ。ああ、ハワード家の話は少ししたかな？　縁談の話が持ち上がっただろう？」

叔父が勝手に持ち上げた縁談話。もちろん、即座に断っている。

「楓さんは謙虚でかわいらしい女性だね。だが、悪いけど皇樹には釣り合わないかな。久道家に嫁ぐなら相応の品格がないと」

「それを……楓に言ったのですか」

冷ややかに尋ねると、彼は「とんでもない！」とソファに脚を組んで座った。

「彼女が傷つくようなことは口にしていないよ。なんの覚悟もない一般人の女の子には酷だろう？」

告げる価値もないと言わんばかりに、小バカにした顔をする。

「ただね。自分できちんと理解してくれたみたいだ。自分は皇樹に相応しくないと」

「楓が雲隠れするのを手伝ったのは、洸次郎さんですね。どれだけ捜しても見つからなかったわけだ」

連絡が取れなくなり異変に気づいた俺は、帰国して彼女にまつわる場所をすべて捜した。

自身のコネクションを使い彼女の勤めていた会社に探りを入れてみたけれど手がかりは得られず、彼女の実家にも連絡を取り、引っ越し先を聞いたが、その住所すらダミーで両親さえ行き先を知らないようだった。

なんの成果も得られないままイギリスに戻った俺は、信頼できる人間を使って楓の行方を捜させたが、やはり手がかりが見つからない。何者かに隠されたかのように、楓の足取りは綺麗に消えていて違和感を覚えた。

洸次郎さんは背もたれに悠然と体を預け、口調だけは申し訳なさそうに語る。

「全部彼女の意志だ。俺は転職に協力してあげたくらいだよ。その会社にも入らなかったみたいだけれど」

ひくりとこめかみが引きつる。その転職先には、入りたくても入れなかったのだろう。彼女は妊娠していたから。

「彼女の妊娠については、知っていたんですか」

知っていて、俺に連絡がいかないように取り計らったのではないか。

叔父はお決まりの笑みで肩をすくめる。

「だからね。俺はなにもしていないんだよ。決めたのはすべて彼女だ。俺はただ、皇樹のためを思って行動してほしいとアドバイスしただけだ」

そうやって言葉巧みに彼女の逃げ場を奪っていったのだろう。背筋にぞっと怒りが伝う。

「そもそも、その子どもは本当に君の子なのかなあ？　お金目当てに嘘をついている可能性はない？　ＤＮＡ鑑定を……なんて言ったら、楓さんに嫌われちゃうかなあ」

この期に及んで、まだ俺たちの仲をかく乱しようというのだから、いっそ感服する。

「これ以上、彼女を蔑《さげす》まないでください」

鋭く睨みを利かせると、彼は「ごめんごめん」とソファから立ち上がった。

「だってさ。君は俺の、たったひとりのかわいい甥っ子なんだから。兄が死んだ今、立派な後継者になってほしいんだ」

俺の背後に回り込み、肩に手を置いてくすりと笑みを浮かべる。そんなことを微塵も思ってはいないくせに。

「その重責を、代われるものなら代わってやりたいよ」

「結構です」

肩に置かれた手を振り払う。とどのつまり、叔父は久道グループ代表の権力を手に入れたいだけだ。そして、俺が継いだ今もまだあきらめてはいない——。

「俺は楓と結婚します。これ以上、邪魔はしないでください」

それだけ言い置き、久道運送本社をあとにした。

送迎の車に乗り込んだ俺は、すぐさま同乗していた個人秘書に尋ねる。

「叔父について調べはついたか？」

彼が怪しいと踏んですぐ、身辺を調べさせた。おそらくまだなにか企んでいる。経営者としての——久道家の跡取りとしての直感だ。

「調査中です。ですが、いくつか気になる点が」

秘書が報告書を読み上げる。その言葉を聞きながら、俺は考えを巡らせる。

叔父がその立場を利用して悪事を企んでいるというのなら、許しはしない。

久道グループはもちろん、楓と子どもたちの未来も必ず守ってみせる。これ以上、好きにはさせない。そう固く決意した。

イギリスに戻り一カ月が経った。

楓とは定期的に連絡を取っていて、週末になると子どもたちの写真が送られてくる。俺の子どもだと打ち明けたからには、成長の報告は義務だと考えているらしい。

こちらからも役立ちそうな実用品や、衣類、おもちゃなどを贈った。

八月の上旬、この週末だけでも帰国できるようにとなんとか都合をつけた。

見せたいものがあると約束を取りつけ、楓が休みの日曜日、三人を迎えに行く。もちろん、車にはチャイルドシートを装備。普段仕事で使うホワイトのセダンではなく、家族四人で広々と乗れるファミリーカーを購入した。

目的地は楓たちの住むマンションからそう遠くない場所にある。

「ここなんだけど、どうかな？　気に入ってもらえるといいんだが」

そう言って案内したのは、セキュリティのしっかりした高級低層マンション。

楓たちの生活圏で、移動に便利でもっともハイクラスな物件を購入した。せめて住む場所くらいは力になりたかったのだ。すぐに三人が入居できるよう、イギリスにいる間に準備を進めていた。

マンションのエントランスは床も壁も真っ白な大理石が貼られていて、明るく広々としている。円形の柱やヨーロピアンな調度品は、まるで西洋の城の中にいるようだ。優雅な佇まいのコンシェルジュが出迎えてくれる。

「おっきな……おしろ？」

不思議そうに呟いた柚希に、楓は「豪邸、ね……」と補足する。

「ごおてえ……」

柑音はこういう場所が好きなのか、興味深そうに辺りを見回し、目を輝かせている。

柚希は駆け出そうとするが、すかさず楓が「ダメよ！　ここはみんなの場所」と制止した。

みんなの場所——公共の場は走ってはいけないと教育しているらしい。柚希は元気よく手を挙げて「はーい」と答えた。なかなかきちんとしている。

「ここは……皇樹さんの新居ですか？」

「いや。楓たちへのプレゼント——というか、これまでの養育費の代わりだと思って受け取ってほしい」

楓があんぐりと口を開ける。子どもたちは意味がよくわからないのか、とりあえず楓に倣って驚いた顔をした。

「ぷ、ぷれ……え、家⁉　こんな……っ」

「できるだけ保育園に近くて、通勤もしやすい場所を選んだ。幸い、紅葉くんの家からもそう遠くない。不便はないと思う」

コンシェルジュに車のキーを預けると、別のコンシェルジュが部屋まで案内してくれた。用意した部屋は一階と二階のメゾネットタイプ。俺もここに来るのは初めてで、どんな仕上がりになっているか楽しみだ。

「なにより、ここならセキュリティ面で安心だ。なにかあればコンシェルジュが対応してくれる。シッターサービスもあるそうだから、必要に応じて使ってくれ。もちろん、住居費用含めてすべて俺が負担する」

このマンションを選んだのは、少しでも楓の負担が減ればという思いからだ。

ここのコンシェルジュサービスがあれば、楓が忙しくて手が回らないとき、助けになってくれる。体調を崩しても、育児を頼める相手がいれば、休息に専念できる。子どもたちに『ママを助ける』と約束したのだから。

「今後の住まいとして使ってもらえないか？」

ホワイトの大理石と明るいベージュの木目が優しく調和した玄関。脇には大きなシューズクローク。すでに女性と子ども向けの靴が数足入っていて、楓は「これ……」と声を震わせた。

「すぐ住めるように、中身も入れておいた」

コンシェルジュが細かな荷物を運び終え「御用がございましたら、いつでもお電話ください」と笑顔で出ていく。

四人しかいなくなったところで、楓が呆然と呟いた。

「なんだか夢を見ているみたいです」

「当然の権利だと思って受け取って。子どもたちが健やかに育つよう環境を整えてやるのが、今の俺の務めだと思ってるから」

これからのふたりの関係については、『考えさせて』と言われたまま、返答が来ていない。だから常にそばにいることはできないし、直接助けてやることもできない。

これが今俺にできる精一杯だ。

「皇樹さんの気持ちは嬉しいです……ですが、子どもたちを健やかに育てるという意味では、ひとつ」

なにか言いたいことがあるのか、楓がこほんと咳払いをする。かと思えば、意志の強い目でこちらを睨んできたので、俺は目を丸くした。

「皇樹さん。甘やかしすぎです！」

思わず「……え」と間抜けな声を漏らす。

「この一カ月も、たくさんの贈り物をくれたでしょう？　服にバッグに靴に、子どもたちのおもちゃに、高級なお肉やお米まで。すごく助かりましたし、子どもたちも大喜びでしたが——」

楓がふるふると拳を震わせる。

「あんなにいっぱい、子どもにおもちゃを与えてはいけません！」

ハッとした。これまで愛せなかった分、甘やかしてやれなかった分とたくさん送っていたが、教育に悪いと言われれば返しようがない。

「私にも高価なブランド品をたくさん贈ってくださいましたよね。皇樹さんは私の好みを熟知していて、チョイスも完璧ですし、バッグを新調するなんていつぶりだろうって、嬉しくて舞い上がりそうでしたが」

そんなに嬉しかったのか。喜んでもらえてよかったとひとまず安堵する。が、続きがありそうだ。

「ですが、物欲に蓋をしてあえて言わせていただきます。こういうものをほいほい買い与えてはいけません。働かずにご褒美を手に入れたら、努力する心を失ってしまいます」

「それはまあ……確かにそうかもしれない」

ご褒美という意味では、この三年の苦労を思えば贅沢をする権利は充分にあると思うのだが。

とはいえ楓の言い分も正しい。なんの事情も知らない子どもたちにとってみれば、突然おもちゃを山ほど与えられ、ありがたみもなにも感じられないだろう。

「わかった。今後、おもちゃを買うときは気をつける。とはいえ、これまで楓たちが頑張ってきたのは事実だし、今後はうんと幸せになってもらおうと――」

「それですけど、皇樹さん。贅沢ができないから不幸だなんて、思ったことはありません」

楓が両脇に柚希と柑音を抱え込む。楓が三年かけて培ってきたもの、彼女にとってはなにより大切であろう、愛らしいふたつの命。

「私はふたりがいるだけで幸せです。この子たちは、皇樹さんが私に与えてくれた宝物だから」

凛とした顔つきで宣言され、目から鱗が落ちた気分だった。

こんな表情をする楓は、初めてだ。他人に有無を言わせない、確固たる自分を持つ表情。

以前の彼女はとにかく純粋で、よく言えば柔軟、あえて悪く言うなら他人の意見に揺らぐような弱さや脆《もろ》さがあった。だが今の彼女にはブレない芯が見える。

これが三年分の成長？　いや、母親になったから？

驚いて彼女を見つめていると。

「ママ、だめでしょ」

楓の左脇にいた柑音が、突然俺の前に立った。いや、正しくは楓の前に立ち塞がったのだ。まるで俺を守ろうとするかのように。

「いじめちゃ、だめでしょ？」

いつも弱々しくしていた柑音が、珍しく声を強くして楓に向き直る。柚希も柑音の隣に並んだ。

「そうだよママ。いつもぷれぜんとくれて、ありがとでしょ？」

人からものをもらったらありがとう、これも母の教えなのだろう。楓はなんて説明したものかと「え、ええと……」と困惑している。

「ママ、ごめんなしゃいは？」

「ありがとでしょ？」

ふたりから責められ観念したのか、楓は俺に向かって「ごめんなさい……ありがとう」と小さく頭を下げた。

「大丈夫。喧嘩しているわけじゃないよ。ママは俺に大事なことを教えてくれてたんだ」

ふたりの頭に手を置いて、ありがとうとお礼を言う。ふたりはよくわからないのか、きょとんとしてこちらを見上げた。

「あの、嬉しくなかったわけじゃないんです！　ひとつひとつ、考えて選んでくれたのだとわかりましたから」

なるべく彼らの生活に適したもの、実用的なものを贈ったつもりだ。とくに子どもは、使い方を間違うと怪我をするものや、食べられない食品も存在する。アレルギーの有無も確認した。

楓だって、子どもと一緒に生活しているのに、派手な服やヒールのある靴など使えない。厳選したという意味では、無駄なものはなかったと思う。

「でも、混乱してしまって。贈り物だけでもびっくりしていたのに、家もプレゼントだなんて。どうやってお礼をしていいのか」

楓が慌てて言い募る。俺に気を遣っているのがわかって、申し訳ない気持ちと同時に、彼女らしいなあと胸に温かさを覚える。

「お礼をしているのは俺のほうだ。子どもたちをこんなに元気に育ててくれた」

子どもたちは相変わらずきょとんとしているが、なんとなく意味が伝わったよう。

「このおうちも、ぷれぜんと？」

柚希の言葉に、楓はどう答えていいか悩み「ええと……」と視線をこちらに向ける。

「もらってくれ」

静かに頷くと、楓は逡巡《しゅんじゅん》しながらも、子どもたちに「うん。プレゼントだよ」と答えた。その瞬間——。

「かのんも、おしろにすめるの⁉」

これまで大人しい様子だった柑音が一際大きな声で、目をキラキラさせながらぴょんと跳ねた。

「うん。ここに住もうか」

穏やかな楓の言葉に、柑音は目を大きく開き、周囲をぐるぐると見回して。

「わぁぁぁ…………」

よっぽど嬉しかったのか、うっとりとした声をあげた。

「かのん、おひめさまみたい！　すてき！」

楓が呆然としながら「こんなに喜んでる柑音、初めて見た……」と呟く。

お姫様と聞いてふと思い出した俺は、柑音に微笑みかけた。

「お姫様になりたいなら、もっといいものがあるよ。おいで」

柑音が今度はなんだろうと、うきうきしながらついてくる。俺は玄関を上がって、脇にある階段を上り二階へ。右手にある部屋のドアを開ける。

「ここが柑音の部屋」

ドアの先には、ホワイトとラベンダーカラーを基調とした、女の子らしい部屋が用意されていた。ふわふわのぬいぐるみやクッションがたくさん並んでいて、天蓋《てんがい》付きのベッドもある。

「かのんの……へや！」

「気に入った？」

柑音がこくこくと頷く。そんなにたくさん首を振ったら、すっぽ抜けそうだと苦笑する。

「それから、こっちはクローゼット。お洋服は全部柑音のものだよ」

クローゼットにはすでにたくさんの服がかかっている。中にはプリンセスのようなひらひらのワンピースもあって――。

「おひめさまの、どれす！」

まだ背が届かない柑音の代わりに、ラックからピンク色のドレスを抜き取り、彼女の前に当てる。クローゼットの奥は一面の鏡になっていて、お姫様になった柑音が映った。

「よく似合ってるな。本物のお姫様みたいだ」

「わぁ！　わぁぁ！」

柑音が本当に嬉しそうに、ドレスと俺を交互に見つめる。

俺はひっそりと安堵する。喜んでもらえて救われた。ようやく、この子の幸せに貢献できた気がして。

頬を緩めて柑音を見つめていたら、ツンツンと脚をつつかれた。ふと視線を落とすと、柚希がこちらを見上げている。

「ゆずはー？　ゆずはー？」

そわそわと落ち着きがないながらも、大人しく自分の番を待っている姿を見て、お利口さんだなと思わず笑みがこぼれた。

「もちろん、柚希の部屋もあるよ。おいで」

柑音の部屋の正面が柚希の部屋。中はホワイトとブルーとグレーが爽やかに配置された男の子らしい部屋だ。中央にはクッションでできた滑り台があって、まるでアスレチックのよう。

「わぁー！　すごーい！」

叫びながら、滑り台に飛び乗る柚希。ふと部屋の隅にあるテントに目を向け「あれ、なあに？　なあに？」と飛んでいく。

「それは秘密基地」

カーテンの入り口を開けると、中には小さなスペースとふわふわクッション、そして車などのおもちゃが置かれている。

「かっこいいー！」

こちらも気に入ってくれたみたいで安心する。隣で見ていた楓が「やっぱり贅沢すぎて、怖くなってきちゃいました」と笑顔で震えている。

「楓の家はもっと広いだろう？」

「でも古い日本家屋ですし。畳と布団じゃ、天蓋付きのお姫様部屋や、秘密基地には敵いませんもん。……私も、こんな部屋に住みたかったな」

唇に人差し指の先を当て、羨ましそうにふたりを見つめる楓。どうやら彼女もお姫様に憧れていたらしい。

柑音を招いて秘密基地ごっこをしていた柚希だが、ひょっこりとテントの窓から顔を覗かせて「ママのへやはー？」と尋ねる。

「もちろんあるよ」

一番奥の部屋が主寝室——楓の部屋だ。キングサイズのベッドと、広々としたウォークインクローゼットがあり、すでに衣服やバッグ、装飾品が揃っている。

窓の外にはバルコニー。ガーデンチェアとミニテーブルが設置されていて、一日の終わりに夜空を眺めながらホッとひと息、なんてくつろぎ方もいいだろう。

「私の分まで用意してくれたんですね」

楓が柔らかく目を細める。

「おそとにいけるー」

「ママのおへや、いいなー！」

外に出たがっているふたりを連れてバルコニーへ。手すりの隙間から見下ろすと芝生の庭が広がっていて、子どもたちは「あそこにもいけるのー？」「いきたい！　いきたい！」と騒ぎ出す。

「オーケー。順番に案内するよ」

部屋を出て、書斎、セカンドリビングをざっと案内したあと、一階に下りてリビングに向かう。手前にキッチンとダイニングテーブル、奥にはローテーブルとソファをゆったりと配置したリビング。

フローリングは柔らかい素材を使い、子どもたちが転んでも危険がないように配慮した。角のあるものも徹底的に除き、安全安心な一室に仕上げてもらっている。

「素敵……」

楓のそのひと言を聞いて、気に入ってくれたのだと安堵する。

子どもたちは庭へ繋がるウッドデッキを見つけ、走っていった。窓を開けてやると、備えつけの子ども用のサンダルにきちんと履き替えて外へ出る。

……こういうところ、すごく礼儀正しいよな。

まだまだ二歳半なのに、丁寧に躾けられているのを感じる。楓の教育の賜物だろう。

彼女自身、育ちがいいから、子どもたちも真似をするのかもしれない。

芝生ではしゃぎ回っていた子どもたちだったが、しばらくするとふたり手を繋いでこちらに戻ってきた。柚希が無垢な目でじっとこちらを見つめる。

「パパのへやは？」

「えっ」

驚いたのは、初めてパパと呼ばれたから。それから、ふたりの中で俺と一緒に住むことが前提になっていたからだ。

楓はあわあわとして「わ、私がパパって教えたわけじゃないんだけどっ……！　紅葉が教えたのかな」と焦った顔をしている。

なんて答えたものだろう……やや悩んだあと、俺は「パパの部屋はないんだ」と素直に伝えた。

柑音が眉を下げて不安そうな顔をする。そういう顔は、小さい頃の楓そっくりで愛らしい。

「どうして？」

「お仕事でイギリスに戻らなくちゃならないんだ」

柚希は動揺すると逆に目つきが鋭くなるらしく、「もうあえないの⁉」と責め立てるように尋ねてくる。負けん気の強いところは小さい頃の俺に似ているのかもしれない。

「そんなことはないよ。お仕事が終わればまた会える」

ふたりから求めてもらえたのが予想以上に嬉しくて、それぞれの頭に手を置くと。

「かのんのおへや、パパとはんぶんこする？」

思いもよらない提案をされて、目を丸くする。

「ゆずもー！」

「かのんがさき！」

そして思いもよらないところで喧嘩が始まり、柑音が涙目になる。微笑ましくて、新鮮で、愛おしくて、思わず「あははは」と笑い声が漏れた。

「大丈夫、お部屋の数が足りないわけじゃないんだ」

そう言ってふたりをなだめると「ここでねる？」「おふとん、ひく？」「おふとん、あるかなあ？」とリビングに布団を敷く算段が始まってしまう。そういえば、紅葉くんの家に泊まったときは、リビングで寝たと言っていたか。

俺と楓は顔を見合わせて、思わず笑ってしまった。

第六章　あきらめの悪いプロポーズ

まさか家をプレゼントされるとは思わず、どうしたらいいのかわからない。

皇樹さんの立場を考えれば、これ以上私たちに関わらないほうがいいのではないか、受け取らないほうがいいのではと、そんな考えが頭をよぎる。

とはいえ、柚希も柑音もとても嬉しそうにしているし、皇樹さんも幸せそうなふたりを見つめて満足そうにしているし、意地を張って拒むのも違う気がする。

さらに、子どもたちが皇樹さんをパパと呼び始めてしまい、私の葛藤をよそにどんどん親子の絆が深まっていく。

紅葉ったら子どもたちに〝パパ〟と教え込んだ？　よりを戻したほうがいいと言っていたから、こっそり吹き込んでいても不思議じゃない。

……すんなり皇樹さんと家族になれるなら、こんなに悩んでいないよ。

後先考えず、今すぐこの家で皇樹さんと一緒に暮らせたら、どんなに幸せだろう。

そう思うと、ぎゅっと胸が苦しくなる。

ひと通りの日用品が揃っていたので、今夜はここでお泊まりすることになった。

皇樹さんは一度帰ると申し出たが、子どもたちの猛反発にあい、リビングのソファで一晩を過ごすことに。広々としたソファは背の高い皇樹さんもすっぽり収まるので、寝心地の悪さを心配する必要はなさそうだ。

ちなみに、柚希の部屋の秘密基地で一緒に眠るという案も出たそうなのだが、テントには皇樹さんの上半身しか収まらず、廃案になったのだそう。

……普通は夫婦揃って主寝室で眠るものだろうけれど。ベッドは幸か不幸か、これみよがしなキングサイズ。

しかし、再プロポーズの結論すら出せていない宙ぶらりんな状態で共寝をするのはどうなのだろうと躊躇《ためら》って提案できずにいる。

夜、私とシャワーを浴び終えた子どもたち。自分の部屋で眠ると張り切っていたが、ひとり寝はまだ怖かったのか、結局ふたり揃って柑音の部屋にある天蓋つきのベッドで眠った。

皇樹さんがシャワーを浴びて、リビングに戻ってくる。男性用の寝間着や新しいシャツはコンシェルジュに頼んで用意してもらった。

「ありがとうございました。子どもたちによくしてくれて」

あらためてお礼を伝えると、彼は濡れた髪をタオルで拭きながら、向かいのソファに腰を下ろした。

「笑顔が見られてよかった。俺のほうが救われた気分だったよ」

「柑音があんなに嬉しそうな顔をするとは思いませんでした。お姫様が好きっていうのは、なんとなく知っていたんですが」

「さっそくお色直ししていたからな」

皇樹さんが用意してくれたドレスはピンクと黄色。両方試してお姫様気分を堪能していた。

「なにより、楓の笑顔も見られてよかった」

「私、そんなに笑っていましたか？」

「ああ。はしゃぐ子どもたちを見て、とても幸せそうにしていたよ」

彼は立ち上がると、ローテーブルを回り込み、距離を置いて隣に座る。

少し不思議な感じだ。触れられそうで触れられないこの距離が、まるで恋人と呼び合う前に戻ったかのようで、懐かしくもあり新鮮でもある。

「相変わらず、楓は笑顔がかわいい。……いや、綺麗になった。見違えたよ」

不意に艶めいた眼差しをされ、ドキリとする。彼のなにげない仕草から、その優雅な出で立ちとは裏腹に、雄々しい一面があるのだと思い出してしまうときがあって。

「少し驚いた。楓はいつまでも、あどけない印象があったから」

「……もしかして、子どもっぽいって意味です？」

「そうじゃないよ。純粋で柔らかいイメージがあったんだ。それから年下のイメージ」

それを言うなら私も、皇樹さんはいつまで経っても追いつけない、頼もしい大人のイメージがある。

「でも、母親になった楓は変わった。柔らかさも残ってはいるけれど、ときに強く、芯のある女性になった。子どもたちを守るために変わったんだとわかったよ」

三年間、走り続けることに必死で、自分がどう変わったのかはわからないけれど。

母親らしくなれたのなら、それは嬉しい。

皇樹さんはどこか嬉しそうにしながらも、まいったように額に手を当て、背もたれに体を預けた。

「年下だから、守ってやろうなんて考えていた俺が間違ってた。楓はもう、守られる側じゃなくて、守る側になったんだって」

「皇樹さん……」

「惚れ直したよ。パートナーとして、すごく頼もしい女性になったって感じてる」

彼が渡英するとき、私は『皇樹さんに相応しい立派な女性になります』と約束して日本にとどまった。あの頃、目指していた自分に、ようやくなれたことに気がついて胸が熱くなる。

「……嬉しいです。皇樹さんに相応しい女性になるのが目標だったから」

「その気持ちは、今も変わっていないと思っていい？」

驚いて彼を見つめると、優しそうな眼差しは、いつの間にか真剣なものへと変わっていた。

「……私、本当に皇樹さんの隣にいてもいいんでしょうか」

「叔父にそう、吹き込まれたのか？」

核心的な言葉にハッとする。確かに、洸次郎さんからの忠告もあったが、もともと私自身が気にしていたことだ。誰のせいかといえば、至らない自分自身だろう。

「自分がそう感じていたんです。没落した経営一族の娘が嫁いだら、皇樹さんに迷惑がかかってしまう。子どもたちも、受け入れてもらえないかもしれないって……」

皇樹さんは切なげに目を細め、距離を詰めてきた。そっと私の後頭部に手を回し、なだめるように撫でる。

「俺は名実ともに久道グループの代表になった。政略結婚で作ったコネなんかじゃなく、実力で勝ち取った座だ。子どもの頃からの努力がようやく報われた」

そう言って誇らしげに胸を張る。ああ、彼は夢を現実にしたのだ。

努力が実った、それがまるで自分のことのように嬉しい。

「楓。頑張った俺に、ご褒美をくれないか」

柔らかな眼差しが近づいてくる。私は緊張からごくりと喉を鳴らしながらも、彼の夜空のように深く澄んだ漆黒の瞳に釘付けになった。

「言っただろう。俺の夢は、久道グループを牽引する人間になること。そしてもうひとつ――」

私の顎を優しく持ち上げて、顔を近づける。

「君とともに生きることだ」

「皇樹さん……」

近づいてくる唇を避けようとは、もう思わなかった。そっと目を瞑り、そのキスを受け止める。

三年ぶりのキスなのに、唇はその感触を覚えていて、彼の舌の愛撫に合わせて勝手に口が動いていた。

「……ちゃんと、覚えていてくれたんだな」

彼がゆっくりと体を離しながら言う。

「忘れられないように刻み込んだのは、皇樹さんです」

だって、今も昔もキスをするのは彼とだけ。それ以外を知らないのは当然だ。

彼は満足げに眼差しを緩めて、私の体をそっと包み込む。

「もう何度めのプロポーズかわからないな。相当あきらめが悪いけど、言わせてくれ」

そう言って、情熱を押し込めるかのように強くかき抱く。

「俺と結婚してほしい。今も昔も、愛しているのはたったひとり、君だけだ」

もうどれだけ待たせたかわからないプロポーズの返事。ずっと彼の想いに応えられないまま、何度あきらめようとしたのかわからない。なのに——。

「あきらめが悪いのは、私のほうです」

この選択が間違っていないとは言い切れない。でも、この想いに蓋をするのは、彼にとっても、子どもたちにとっても失礼だと思った。

私は私の心のままに生きたい。愛している人に愛していると伝えたい。

「……ずっとずっと、愛しています」

彼の背中に手を回してプロポーズに応える。

「私のそばにいてください」

三年間降り積もった想いは、どれだけ抱擁しても、どんなに力を込めて抱き返しても、表現しきれないほど熱く重たい。

「子どもたちに伝えます。皇樹さんがパパなんだって。だから、柚希と柑音が許してくれたら——」

甘いキスで唇を塞ぎ、その言葉の続きを彼が先回りする。

「今度こそ、結婚しよう」

大きく頷いて、彼の胸に顔を埋める。ようやく彼のプロポーズに応えられた、その充足感で、これまでの苦難すべてが昇華した気がした。

「もしも楓と子どもたちと、四人で暮らせるようになったら」

彼が私の頭の上に顎を乗せて、後頭部を撫でながら夢を馳せるように言う。

「毎日、子どもたちにたくさん愛情を注ぎたい。それから——」

ふと顔を上げると、蕩けるような眼差しがそこにあった。

「楓をたっぷり愛したい」

そう言って持ち上げた私の手にキスを落とす。指先に、指のつけ根に、そして手の甲にも。

「こ、皇樹さん……！」

その先が頭をよぎって慌てて声をあげると、彼は「今はこれ以上、しないよ」と少々名残惜しそうに囁いた。

「でも家族になったら——君が俺の妻になってくれたら。三年分の愛を注ぐから」

艶めいた視線と緩慢に動く唇が、彼の心の内を教えてくれる。深い愛と情熱と、その独占欲を。

自分の鼓動がばくばくと大きく音を立てているのを体で感じながら、彼がくれるゆったりとしたキスを受け止めた。

翌日の月曜日、朝早くにマンションを出て自宅に戻り、保育園の準備を整えた。

皇樹さんの車に乗せてもらい、ふたりを園に預け、私は仕事に向かう。

その日の夜。夕食を終えた私は、ふたりにあらためて切り出した。

「柑音。柚希。よく聞いてほしいの」

大事な話があると子どもながら察したのだろう、子ども用チェアの上でお行儀よく背筋を伸ばす。

「ママは、パパと、結婚しようと思うの」

ぽかん、という反応だった。そもそも『結婚』というワードがわからなかったのかもしれない。

「パパに、またあえる？」

柑音がちょっぴり不安そうに尋ねてくる。

「うん。パパがお仕事から戻ってきたら、あの大きいおうちで、みんなで一緒に暮らしてもいい？」

すぐに理解して「やったぁ」と飛び上がったのは柚希だ。遅れて柑音もはにかんで笑う。

「パパのこと、好き？」

少しドキドキしながら尋ねてみると、ふたりは大きく「うん！」と頷いた。

「パパ、ママをたすけてくれるもん」と柚希。

「パパがいると、ママもうれしそう」と柑音。

……そんなに顔に出ていただろうか。恥ずかしさを覚えながらも、ふたりの反応に安堵した。

それから三週間後の日曜日。私たちは皇樹さんが用意してくれたマンションに入居。

皇樹さんも一時帰国して、引っ越しを手伝ってくれた。

「パパ、どこでねる？」

「かのんのへや、くる？」

「ひとりでねれないんだ」

「ちがうもん～」

放っておくとすぐ喧嘩し始めるふたりを連れて、皇樹さんは二階へ向かう。

「ちゃんとパパの部屋も作ってもらったから大丈夫だよ。ほら」

そう言って案内してくれたのは書斎。以前はテーブルや作り付けの本棚、リラックス用のラウンジチェアがゆったりと置かれていたが、今はクローゼットが部屋の半分を占めている。

「ごほん、よむへや？」

「ご本を読んだり、お仕事をしたりする部屋だね。ママのために作ったんだけど、使わないっていうから、パパがもらったんだ」

「ベッドがないよ？」

柚希がきょろきょろと辺りを見回しながら尋ねてくる。

皇樹さんが私にちらりと目線を送ってきたので、こくりと頷き返した。寝室をどうするかについては、事前に話し合ってある。

「寝るときはママの部屋の大きなベッドで、一緒に眠るよ」

皇樹さんが寝室を指さすと、ふたりはガーンという顔をした。

パパとママだけ一緒でずるい！と思ったらしい。「ゆずも！」「かのんも！」と口々に騒ぎ出す。

「四人一緒……はさすがに無理かなあ」

キングサイズとはいえ、四人は厳しい。寝相がよければまだしも、ふたりは寝ながら大運動会を開く。

「柚希と柑音は、格好いいお部屋とベッドをもらったでしょう？」

「やだやだー」

「パパとママとねるー！」

駄々をこねるふたりを見て皇樹さんが苦笑する。

「個室はまだ少し早かったかな。……よし、じゃあこうしよう」

その日の夜、私と子どもたちがお風呂に入っている間に、皇樹さんはセカンドリビングを大改造。来客用の布団を横に並べて寝室にした。

「お部屋に慣れるまで、ここに四人で眠ればいい」

子どもたちは「わーい！」とお布団に飛び込む。

柚希と柑音の両サイドを囲むように、私と皇樹さんが横になり、寝かしつけタイムだ。疲れていたようで、すぐにすやすやと寝息が聞こえてくる。ふたりがしっかり寝付いたのを確認して、私たちは部屋を出た。

皇樹さんもシャワーを浴び、私とお揃いのシルク素材の寝間着に着替える。

それから私たちは、主寝室にあるバルコニーに出て、ガーデンチェアに腰かけた。

月が見えて綺麗だ。日中暑かったせいもあり、夜風はほんのり冷えるが上着が必要なほどではない。

「来月から、こうして四人で暮らせると思うと夢みたいだ」

「私もです。こんな日はこないと思っていたのに」

「子どもたちがパパって呼んでくれて、自然に家族に迎え入れてくれた。安心したよ、危うく悪者にされるところだった」

子どもたちと出会ったばかりの頃、ふたりから悪者呼ばわりされたことを思い出し、私たちは笑い合う。

「ちゃんと自分たちのお父さんだって、わかったのかもしれませんね」

人懐っこい柚希はもちろん、人見知りの柑音まで懐いているのだ。

もしかすると、ふたりが皇樹さんを『パパ』と呼ぶようになったのは、紅葉に吹き込まれたわけではなく、子どもたちが本能的に実の父親だと理解したのかもしれない。

皇樹さんが幸せをかみしめるように頷く。

「これからは、うんと大事にする。子どもたちも、楓も。……少し待っていて」

なにげなく立ち上がり、バルコニーを出ていく。戻ってきた彼は隣のガーデンチェアに座り直し、私の手を引き寄せ握った。

「あらためて約束する。もう二度と離さない」

硬いものがこつりと手に当たって、目線を落とす。

彼の手に握られていたのは、小さな横長の小箱。開くと、シンプルなプラチナのリングがふたつ、台座に置かれていた。

「これ……」

輝くリングに目を奪われる。

「ずっとつけていられるように、なるべく肌に馴染むデザインにしたんだ。もう二度と離さないって誓いを込めて」

彼が小さいほうのリングを持ち上げる。手を出してと急かすように言うから、おずおず左手を差し出した。

「嬉しいです。こうして、皇樹さんとお揃いの指輪をつけられるなんて」

「またひとつ、俺の夢が叶った」

薬指に彼がリングを差し込む。掲《かか》げると月の明かりを反射してきらりと光って、肌に馴染んだ。

「素敵です。……私も、やらせてもらっていいですか？」

小箱を受け取り、残ったもうひとつのリングを摘まみ上げる。彼の大きくて骨張った左手を持ち上げ、薬指の先にリングを当てる。

彼の指先はすらりと長く綺麗だけど、ごつごつしていて私よりもずっと太い。こういった自分との違いを発見したとき、彼は男性なんだなと強く実感する。

体を重ねたときは、嫌でも意識していたけれど——予期せず彼との夜を思い出してしまい赤面する。

『たっぷり思い知らせてあげる』、そう宣言して初めて体を重ねたあの夜を、今でもまだ覚えている。もう八年以上も前の話なのに。

「楓？」

「っ、ごめんなさい、いろいろ思い出してしまって」

「いろいろ？」

「なんでもないです！」

慌てて薬指のつけ根までリングを押し込む。細くてシンプルなリングが、それぞれの左手の薬指で白い輝きを放つ。

「いつか式を挙げよう。それから、家族四人で新婚旅行も」

「はい」

幸せいっぱいで目を閉じる。吐息が近づいてくる気配。肩に手が触れ、唇に柔らかな感触。それが私の口内を愛撫するかのごとく、ゆっくりと侵入してくる。

ああ、これは、お誘いのキスだ。もっと深く愛し合いたいと求めているときの。キスからメッセージを受け取り体が熱くなる。

「皇樹さん……あの……」

躊躇いがちに彼の胸に手を置くと。

「指輪を渡して早々ベッドに誘うなんて、変わり身の早い男だと思われるかな」

以前この家に泊まったときは、想いを通じ合わせたものの、別々の部屋で眠った。

でも今日は——。

「思ってません……」

三年ぶりの体が、お互いを求めているとはっきりわかる。

恥ずかしそうに答える私を見て、彼がくすりと甘い笑みを漏らした。

「なんだか、初めてのときみたいに緊張するな」

「初めてのとき、緊張なんてしていたんですか？」

「当然だ。ふたりの関係が壊れるリスクとか、楓の体に劣情を向ける罪悪感とか、いろいろ苛まれながら、楓の人生全部を背負ったつもりで抱いた」

「そんなに……？」

とても緊張しているとは思えない滑らかなエスコートだったけれど、想像以上の覚悟だったよう。彼は顔を上げ、目の前でふっと甘く微笑んだ。

「……でも、それ以上に抱きたい欲が勝《まさ》ってた。楓を手に入れたい、自分のものにしてしまいたいって。ほかの男に触れさせてたまるかと思った。今もそうだ」

そう言って私の頬に手を添えて、愛おしげに目を細める。

「楓が欲しい。家族として、子どもたちの父親としてだけじゃない。ひとりの男として楓を手に入れたい」

優しく、でも力強く口づけを落とされ、彼の覚悟のほどを知る。私を心から求めてくれているのだとわかるから、私の全部を差し出して、全力で応えてあげたい。

「ベッドに行こうか」

そう言って立ち上がると、私を横抱きにして持ち上げた。

「きゃっ——皇樹さん!?」

私を難なく部屋の中へ運び込み、キングサイズのベッドに寝かせると、その上にのしかかった。

「困ったな。こうして向き合うと、楓が欲しすぎてセーブできる自信がない。ずっと我慢していたから」

「待て」をしすぎておかしくなってしまったワンちゃんのごとく獰猛《どうもう》な、でもどこか甘えた目で私をじっと見つめ、いただきますに備えている。

「あの……逃げませんし、子どもたちもしばらくは起きてこないと思うので、落ち着いて？」

「無理だ。今すぐ楓とひとつになりたい」

とはいえ、言葉とは裏腹に指先の動きはスマートで、よどみなく私の寝間着のボタンを外していく。上着を脱がすと、私の手を持ち上げ、人差し指にキスを落とした。

指先がぴりりと痺れ、体が熱を帯びる。

そこからするりと唇を這わせ、腕のほうへ。ぞくぞくと興奮が押し寄せてくる。

彼の唇が腕から首筋へ。白い肌にバラ色の痕をつけながら、ひたひたと辿ってくる。

「あの、皇樹さんっ……」

すでに感極まった声で彼の名を呼ぶと、わざとらしく艶めいた目で「どうした？」

と尋ねられた。

「言葉の割にはとても落ち着いているから……」

まるで昂《たかぶ》っているのは私だけみたい。彼はとても冷静に私で遊んでいるように見えるのだけれど。

「必死にセーブしているよ。今すぐかぶりつきたいけど、ゆっくり味わいたいから、なんとか理性を保ってる」

そう言って下着のホックを外す。彼の指先が緩んだワイヤーの下に滑り込んできて、思わず「あんっ」と声をあげた。

「っと、焦りすぎた。少しずつ、だよな?」

そう言って指を引っ込める。とても口にはできないけれど、もっとしてほしかった気持ちもあって、なんだかすごく焦らされて体が熱い。

日中はあんなに優しかったのに、ベッドに来た途端これだ。私を求めるときだけ彼は意地悪で、理性的な反面、獣のような一面を隠しもしない。

彼が私の腰を抱き、ボトムスを脱がせにかかる。膝まで下ろしたところで、耐えきれなくなったのか、足のつけ根にキスを落とした。

「きゃっ……!」

弱いところを撫でられ、思わず悲鳴が漏れる。下腹部に近いせいか、ぞくぞくと腰が疼《うず》き切ない。思わずきゅっと目をつむった。

「だめ……体が、勝手におかしく……」

「……俺も。愛しくて苦しいよ」

下着の上から触れられている感触がする。耐え切れず、きゅっと脚を引きしめる。しかし、彼の指先が忍び込んできて、しっとりと緩んだそこに触れた。

「あ……ん……」

私のそこがすっかり熟れているのを確認して、彼が寝間着を脱ぐ。

ゆっくりと目を開けると、三年ぶりに見る逞しい裸体。以前と変わらず、いや、前以上に色気に満ちていて、とても直視できるものではない。

「皇樹……さん……」

その腕に抱いてほしくて、思わず感極まった声が漏れた。

彼は自身のその熱でゆっくりと私を包み込みながら「大丈夫。落ち着いて？」と意趣返ししてくる。

「だめ……もう、欲しくなっちゃう」

ちょうだいと駄々をこねる私の下腹部に、彼が手を伸ばす。ほぐすようにゆっくりと忍び込んでくる指先に、思わず感極まって吐息が漏れる。

「うん、思い出した。楓はここが好きだったね」

「ああぁっ」

嬌声を漏らししがみついてくる私をゆるりと見下ろしながら、彼が自身のボトムスを脱ぐ。

たっぷりと撫で蕩かされたそこに、彼が雄々しい愛を穿《うが》つ。ようやく満たされ、身も心も達してふにゃふにゃだ。

「楓。愛しているよ。今も昔もずっと」

すっかり狼モードで私を捕食する皇樹さんを見つめて、観念するかのように体を預けた。

「私も、愛してます。三年経った今も、ずっと」

深いキスを交わして、久方ぶりの体の交わりを堪能した。


たくさん愛し合って、ちょっぴり寝不足な翌朝だけど、今日はチャージ満タンで頑張れそう。月曜日の朝。子どもたちを起こして朝ごはんを食べさせる。

皇樹さんが朝食作りを手伝ってくれたり、子どもたちを見てくれたりして、とてもスムーズに朝の支度が整った。

これから着替えて出勤というところで、皇樹さんに声をかける。

「このあとイギリスに戻るんですよね？　時間は大丈夫ですか？」

「ああ。午後のフライトだから大丈夫。三人を車で送ったあと、のんびり空港に行くよ」

時間に充分余裕があると聞いて、私はおずおずと切り出した。

「あの……皇樹さん。お時間があるならこれ、付き合ってもらえませんか？」

そう言って彼の前に差し出した紙袋には、家族四人分の、お揃いの秋服が入っていた。

「かわいいじゃない～！」

出勤後、親子コーデを見たオーナーが歓喜の声をあげた。我ながら、なかなかインパクトのある家族写真が撮れたと自負している。

子どもたちはベージュのニットに赤いタータンチェックのボトムス。私はニットワンピの下に子どもたちと同じチェック柄のシャツを合わせて、襟口や袖口からチラ見せしている。三人並ぶだけでも華やか。

でも、今回はそれだけじゃない。オーナーを大いに歓喜させたのは皇樹さんの存在感だ。

「……っていうか、弟さん、こんなに格好よかったっけ？」

すらりとした長身はモデルにしか見えない。私と同じようにシャツの上にニットを重ねているのだが、気品と遊び心に満ちたその装いは、誰もが「こんなパパが欲しい！」と憧れること請け合いだ。

足が長すぎてチノパンがアンクル丈になっているが、それはそれで格好よく見えてしまうので不思議である。

「実は、本物の主人なんです。正式に結婚が決まりまして」

「ええっ……えええぇ!?」

オーナーが驚きすぎて飛び上がる。

「よ、喜んでいいのよね？」

「はい……その、紆余曲折《うよきょくせつ》ありましたが、丸く収まりました」

「よかったじゃない！」

手を叩いて喜んでくれるオーナーに、私は姿勢を正して向き直る。

「これもオーナーのおかげです。楽しく働かせてもらって、充実した子育てができて。

今幸せでいられるのは、そんな日々の積み重ねがあったからで……」

オーナーのポジティブさが、私のシングルマザーだった頃の不安を吹き飛ばしてくれたから今がある。

「よかった。芙芝さんの幸せそうな顔が見られて。結婚、おめでとう」

オーナーは目にじんわりと涙を浮かべながら、私の手を両手で包み込み、力強く握った。

その日の午後。秋服の新作として、四人の写真を店のブログにアップした。閲覧数といいねの数がうなぎのぼり。双子のかわいさに加えて、モデル級のスタイルをしたパパは、顔を隠してもイケメンオーラがだだ漏れである。

おかげさまで親子コーデは即日完売。

「入荷数、増やさなきゃダメね」

オーナーが喜びの悲鳴をあげた。

第七章　彼が永遠を誓う相手は……？

それから一ヵ月が経った十月の初め、皇樹さんがイギリスから帰国した。今後は久道グループの代表として日本から全世界を指揮するという。

スケールが大きすぎてピンと来ないけれど、とにかく忙しそう。終業後も頻繁に電話がかかってくるし、帰宅時間が遅い日も多い。

それでも家にいる間は家事を手伝ってくれたり、子どもたちの相手をしてくれたり。いいパパである。

その日、珍しく皇樹さんが早く仕事を終え、子どもたちを保育園に迎えに行ってくれた。園には事前に連絡したものの、突然、見目麗しく上品な紳士が迎えに来たら、先生も居合わせた保護者もびっくりだろう。

今頃、騒然としているのかなあ……。そんなことを思いながら、ひとり帰路に就く。

「ただいま」

私が玄関のドアを開けると、家の中から明らかに〝カレー〟という香りが漂ってきた。

もしかして、皇樹さんが手作りしてる？　夕飯は用意しておくと言うから、てっきりデリバリーを頼むと思っていたのに。

子どもたちが玄関に飛んでこないところを見ると、リビングはパパと子どもたちでさぞ盛り上がっているのだろう。

もう一度「ただいまー」と呼びかけて、リビングのドアを開けてみると。

「ママー！」

「おかえりー！」

子どもたちが私の右脚と左脚、それぞれに飛びついてきた。カウンターキッチンの中から、エプロン姿の皇樹さんが「おかえり」とやってくる。

「ご飯、作ってくれてたんですか？」

「ああ。っていっても、カレーくらいしか思いつかなかったんだけど」

キッチンを覗き込んでみると、カレーの鍋がふたつ。大きいほうの鍋には大人用の、具材がゴロゴロ入ったカレー。小さいほうの鍋には、野菜が細かく刻まれた、ひき肉カレーが入っていた。

「子どもたちのルーは、これでいいんだよな？」

皇樹さんが【カレーのプリンス】と書かれた子ども用ルーのパッケージを見せてく

れる。私は「ばっちりです」と言って親指を立てた。

「ゆず、おうえんしたよ！」

「かのんも！」

辺りにはカスタネットやタンバリン、運動会で使ったボンボンが転がっている。パパのお料理を応援していたなんて、とても微笑ましい。しかし――。

「パパ、ち、でちゃったんだよねー」

柚希のひと言に、私は「ち……？」と凍りついた。もしかして血……？

「それは内緒の約束だろう？」

皇樹さんが苦い顔をしてこっそりと左手を隠したので、私はすかさず詰め寄った。

「包丁で切ったんですか？　手当てはしました？」

「いや、軽くだから。たいして血も出なかったし」

「見せてください！」

「いいよ、平気だ」

「だめです」

あまりにも隠すものだから、見かねた子どもたちが「パパをおさえろー」と飛びついてくる。観念した皇樹さんが、左手を差し出した。

人差し指の先に、斜めの切り傷。確かにもう血は止まっているが、なにかの拍子に開いてしまいそうで痛々しい。

柑音がぶるぶるしながら「ぴゃっ」と悲鳴をあげて目を覆った。血は苦手みたいだ。

「ちょっと待っていてくださいね」

私は救急箱を持ってきて、消毒液とカット綿、絆創膏を取り出す。

「ひとつ弁解させてくれ。料理ができないってわけじゃないんだ。ただ、久しぶりすぎて勘が戻らなかっただけで」

「よーくわかりましたから、傷口を見せてください」

私は患部を軽く消毒して絆創膏を貼る。最後に「痛いの痛いのとんでいけー」と三人で呪文をかけて治療終了。

「ふたりとも、ありがとう」

皇樹さんがしゃがみ込み、柚希と柑音を両腕で抱きしめる。

「それから、楓も」

そう言って立ち上がると、私の頬にキスを落とした。不意打ちのキスに、ほっぺとはいえ赤面する。

「さあ、ご飯にしよう。楓は着替えておいで」

子どもたちはご飯の用意をお手伝いするようで、お水の入ったコップとスプーンをキッチンからダイニングへ丁寧に運んでいた。頑張るふたりの様子を見守ったあと、私はリビングを出て二階に向かう。

部屋着に着替えて戻ってくると、テーブルにはカレーが載っていて、小皿にはコールスローサラダ。お手伝いを完了させた子どもたちが、どや顔で私に褒められるのを待っている。

「ふたりとも、お手伝いできてえらいえらい」

わしゃわしゃ頭を撫でてあげると、自信満々の顔をしてテーブルについた。

「じゃあ、いただきますしよう」

「『いただきまーす』」

皇樹さんのかけ声に合わせて、ふたりの元気な『いただきます』がリビングに響く。

私と彼もそろって手を合わせた。

子どもたちのカレーは、具材が本当に細かく切ってあって、とても食べやすそう。

切り方の均等さからして『料理ができないってわけじゃない』と弁解していたのは本当なのかも。

「ふたりとも、おいしい？」

尋ねると、笑顔で「うん！」と返ってくる。

「楓は？　おいしい？」

「もちろん！」

そういえば、誰かが作ってくれたご飯を食べるのは久しぶりかも。だから余計においしく感じられるのかもしれない。

「でも、大変だったでしょう？」

尋ねると、皇樹さんがカレーを口に運びながら苦笑した。

「俺はたまにだからいいけど、毎日ってなると大変だよな。メニューを考えるのも悩ましいし。俺が夕食当番なら、カレーとスパゲティを交互に出しちゃいそうだ」

「かのん、すぱべてぃーすきぃー」

「ゆずもー！」

「じゃあ、次に作るときはミートソーススパゲティにしよう」

思わず「ふふっ」と笑みを漏らす。子どもたちにとってはカレーとスパゲティが続いたら天国だろう。間にハンバーグが入ったら完璧だ。

とはいえ、栄養バランスを考えたらそういうわけにもいかず、悩ましいけれど。

「ほら、お野菜も食べよう」

野菜全般そこまで好きではないふたりだが、コールスローに大好きなコーンがたくさん入っていたおかげか、渋い顔をしながらも完食する。

「すごいな！　全部食べられた」

「たくさん食べて、えらいね！」

パパとママから褒められて、ふたりはすっかり得意顔。「ごちそうさまでしたー」と元気に声を合わせる。

私と皇樹さんは顔を見合わせて、安堵したように微笑み合った。


その日の夜。子どもたちを寝かしつけると、私たちはシャンパンを持って寝室のバルコニーに出た。

「外がすっかり涼しくなりましたね」

「風邪を引かないように、これを着て」

皇樹さんにガウンを渡され、袖を通す。私たちは横並びのガーデンチェアに座って乾杯した。

「アルコールなんて久しぶりです」

「甘めを選んだから飲みやすいよ」

そう言ってグラスに注いでくれたのは、ピンクゴールドのロゼ。香りは桃《もも》、味はクランベリーのような酸味と爽やかさがあって、ぐいぐい呑めてしまう。

添えてあるのは、カラフルなマカロン。甘いと甘いの掛け算なのにフルーティーさが際立つせいかしつこくなくて、口の中がとても幸せ。

「楓の疲れが取れるように」

「嬉しい」

その気遣いが彼らしい。いつだって彼は自分より私を優先してくれる。

だからこそ心配になるときもある。彼が無理をしているんじゃないかって。

「皇樹さんは疲れていませんか？　日本での仕事も家庭も慣れないことばかりで」

「柚希と柑音におやすみのキスをもらったら、疲れの五割は吹き飛んだ」

「じゃあ、残りの五割は？」

「このあと、楓に吹き飛ばしてもらおうかな」

そう言って含みのある甘い笑みを浮かべる。すかさず夜風が火照った頬を冷やしてくれるのでありがたい。

「楓。家族にならないか。名実ともに」

不意に彼が切り出す。戸籍上、まだ私たちは家族ではない。プロポーズは受けたものの、正式な手続きは一緒に暮らして問題なければ、という話になっている。

とはいえ、子どもたちはすっかり皇樹さんに懐いているし、私は大切にしてもらっているし、躊躇う必要はなさそうだ。

「はい。皇樹さんも、それでかまわないのでしたら」

「当然だ。俺はオーケーをもらえるまで、永遠に求婚し続けるつもりだよ」

情熱的に囁いて、私の左手を持ち上げる。そこには先日もらったプラチナの指輪があって、彼は誓いを立てるように口づけた。

「こうして肌身離さずつけてくれるくらいには、気持ちが決まっているってことでいいかな」

「それは……もちろん」

だって、皇樹さんと結ばれるのは私の夢でもあるのだから。

「それが聞けて安心した。それなら、楓の両親にもちゃんと許可をもらわないとな」

「えっ……」

思わず非難めいた声をあげてしまったのは、両親とはもう関わらないつもりだったから。だって、私は勘当されてしまったんだもの。

「……その。両親は私の顔も見たくないと思います」

「それはなんの事情も知らないまま、楓がひとりで子どもを産むと聞かされたからだろう？　混乱するのは仕方ないさ」

皇樹さんが眉を下げて微笑む。確かに事情を話していれば、対応が違ったのかもしれないけれど、あのときは「皇樹さんとの間に子どもができた」なんて口が裂けても言える状況じゃなかったのだ。

「俺がしっかり謝罪して、楓の勘当を取り消す。楓の判断は正しかったと証明してくるよ」

「皇樹さん……」

それに、と言って、彼は頼もしげに笑みを浮かべる。

「ご両親も内心、孫の顔が見たいと思っているんじゃないかな」

……そうだといいな。柚希と柑音におじいちゃん、おばあちゃんがいないのは悲しいと、常々思っていた。

「大丈夫だ。俺が必ず説得する」

頼もしい笑みに背中を押され、勇気が湧いてくる。

「わかりました。よろしくお願いします」

事情を説明すれば、きっと受け入れてくれる。そう信じて、彼とともに実家に向かう決意をした。

そして私たちは家族になるための一歩を踏み出した。両親から了承を得るべく芙芝家を訪れたのだ。

居間には私と皇樹さん、私の両親、そして兄弟を代表して蓮兄の五人がいる。

柊兄と椿兄はすでに結婚して家を出ていたけれど、この日のために集まってくれた。今、奥の部屋で柚希や柑音の相手をしてくれている。

たまに歌声やはしゃぐ声が聞こえてきて和やかだ。対して居間は静まり返り、空気が張りつめていた。

「まずはお詫びさせてください」

皇樹さんが畳に手をついて、深々と頭を下げる。

「これまで楓さんと子どもたちへの責任を果たせず、申し訳ありませんでした。非はすべて私にあります」

両親は困惑顔で皇樹さんを見つめている。彼が久道家の人間で私の許嫁でなければ、怒鳴りつけていただろう。それ以前に、敷居をまたがせなかったに違いない。

文句を言いたいが言える相手ではない——そんな空気をふたりからひしひしと感じ

る。とくに家格や肩書きに弱い母は、そわそわとして落ち着かない。

父がようやく、口を開いた。

「楓から、父親は言えない、結婚も考えていないと聞いて、確かに激しく憤《いきどお》りました。ですが相手が皇樹殿だというなら話は別です。亡き洸一殿からも、結婚については本人たちに任せてあると聞いています」

父はゆっくりと皇樹さんに向き直る。

「なにがあったか、なぜこれまで父親だと明かせなかったのか、事情を聞かせてもらえますか？」

皇樹さんが簡潔に説明する。仕事で三年間、海外にいなければならなかったこと。その間、私は出産。しかし、出産した事実が皇樹さんに伝わることはなかった。

「失礼ながら、私の身内に楓さんとの結婚を心よく思っていない人物がいます。私が日本を離れているのをいいことに、楓さんの妊娠と出産を隠そうとしたのでしょう」

「いえ、妊娠と出産を隠していたのは私なんです。だから洸次郎さんに悪意はなかったと――」

庇おうとして、逆に名前を出してしまい「あ」と口を噤《つぐ》む。しかし、皇樹さんは既知といわんばかりに、驚きも動揺もしなかった。

「洸次郎さんは楓の出産を知っていたようだ。俺には打ち明けないと踏んで、最後まで隠し通そうと手を回していた。どれだけ君を捜しても見つからなかったのは、そのせいだ。俺たちの再会は洸次郎さんにとって偶然が重なり合ったイレギュラーだったんだよ」

「そんな……」

『あなたが本当に皇樹を愛しているならば、どうか邪魔をしないであげてほしい』――そのひと言で私の行動を操っていたとするならば、なんて狡猾《こうかつ》なのだろう。人のいい笑顔の裏でそんなことを画策していたとは思いたくない。

「一族の代表として謝罪します。身内が楓さんに大変な失礼をいたしました」

深々と頭を下げる皇樹さん。父は「洸次郎殿か……」と難しい顔で唸った。

「洸一殿から話には聞いています。弟の洸次郎殿は野心家で、目的のためなら手段を選ばない性質だと」

「ですが、父から代表を受け継いだ今、立場は私が上だ。もう好き勝手はさせません」

決意を表すかのように、力のこもった目で父を見返す。

「亡き父は、楓さんとの結婚を認めてくれていました。まして代表を受け継いだ今、私の結婚に文句を言う人間はいない。生涯をかけて三人に尽くすつもりです」

毅然とした態度で宣言する皇樹さんに、父は小さく頷いた。

「皇樹殿が楓とその子どもたちを任されてくれるというのなら、私どもも異論はありません」

「必ず三人を幸せにします」

目線で約束を交わすふたり。そこで反応をしたのは、今の今まで無言を貫いていた蓮兄だった。

「楓の勘当は解かれたって理解でいいんですよね。その件について、父さんからの謝罪はないんですか？」

居間が再びシンと静まり返った。冷静な蓮兄が父を煽るような発言をするとは思わず、私は目を見張る。

蓮兄の態度は普段と同様で、朗らかな表情をしているが、内にふつふつと煮えたぎるような感情が見えるのは——私の気のせいだろうか。

「事情がはっきりしなかったあの時点では、適切な判断だろう」

父が冷静に反論する。

「そうでしょうか。身重の楓を放り出すのが、親として適切だったと？　紅葉が支援を名乗り出てくれなければ、楓もその子どもたちも無事に生きていなかったかもしれないのに」

「紅葉が……」

父が不愉快そうに顔をしかめる。紅葉の話が出るといつもこれだ。

「楓も楓だわ。なにも説明してくれないんだもの」

そう言って困惑をあらわにしたのは母だ。

「父親が皇樹さんだと教えてくれれば、私たちだって……」

「言えるものなら、こうはなっていません」

私も黙ってはいられず口を開く。

「事情を話せば、皇樹さんに迷惑がかかると思ったから……。洸次郎さんに子どもを堕ろすよう指示されていたかも」

「だとしても、私たちにくらい事情を説明してくれても」

「言えば味方になってくれましたか？　久道家の人間を敵に回しても？」

うちの両親が話の通用する人たちなら事情を説明したけれど、残念ながらそうじゃない。それを代弁してくれたのは蓮兄だった。

「母さん。気軽に相談できる親子関係がなかったのは事実でしょう」

母が反論したそうにぐっと喉を鳴らす。しかし、優秀な長男にはめっぽう弱い。

「実際のところ、皇樹さんの子どもだと知ったなら、久道家になんらかの申し入れをしていたんじゃないですか？　それを楓が危惧するのは当然です」

蓮兄が眼差しを険しくして、目線をすっと横にずらす。そこにいたのは父だった。

「あなた方はどんな事情があれ、子どもたちの話など聞かない。紅葉のときもそうだった」

「あれは、手に職もつけずふらふらしているから――」

「投資家は立派な職業ですよ。認めていないのは父さんだけだ」

とくに紅葉の話になると、ふたりの意見は平行線だ。見かねた皇樹さんが「失礼ながら」と口を挟む。

「紅葉くんと話をさせてもらいましたが、投資家として立派に活動されているように感じました。私たち経営者は、ああいう方々に助けられているので」

父の顔が曇る。代表取締役社長を務める人間、しかも久道家の代表から言われたら、反論のしようもないのだろう。

「紅葉のことまで見てくださり、ありがとうございます」

蓮兄が恭《うやうや》しく頭を下げる。

「紅葉くんは、私が不在にしていた間、楓さんの力になってくれました。すれ違っていた私たちの仲を取り持ってくれたのも彼です。感謝してもしきれません」

その言葉を聞いて、父の顔色がいっそう複雑なものになる。蓮兄が「父さん」とあらたまって切り出した。

「今の芙芝紡績は新規の個人投資家を大切にしていますよ。支援者を増やすためにも、企業の見られ方をとても大事にしている。父さんは故縁《こえん》にばかり頼っていたけれど、そういう投資家たちを募れば、芙芝紡績は立て直せていたはずです」

「……私の経営方針が間違っていたと言いたいのか」

「周りの意見に耳を貸してほしいと言ってるんです」

皇樹さんが静かに口添えする。

「時代は移り変わります。十年前の常識がすでに通用しない。私も日々対応に追われている。投資を成功させるということは、紅葉くんがたゆまぬ努力を続けていることにほかなりません」

その言葉に説得力を感じたのか、ようやく冷静な表情になった父に、蓮兄が畳みかけた。

「いい加減、紅葉を認めてやってください。それから、楓の扱いについても非を認めるべきだ。愛のある対応ではなかった」

蓮兄はずっと、私と紅葉に対する両親の対応に怒りを募らせていたのかもしれない。

紅葉が勘当されたあと、紅葉の居場所をこっそりと私に教えてくれたのも彼だ。

『俺たちの代わりに、紅葉の一番近くにいる楓が支えてやってくれ』、そう言われたのを覚えている。

私が勘当されたときは逆に、私の居場所を紅葉に連絡してくれた。当時、久道家に連絡されないためにも、私の住所は蓮兄にしか教えていなかったのだ。

以降も、兄たちはお祝い金だなんだと理由をつけて、金銭的支援をしてくれた。

父の目がこちらに向く。少しだけ申し訳なさそうな顔。謝りたくても謝れない、そんな意固地な視線を受け取って、私は小さく微笑む。

「私のことはかまいません。ただ、子どもたちにおじいちゃんとおばあちゃんがいないのは、少しかわいそうで」

叶うなら、おじいちゃん、おばあちゃんの温もりを教えてあげたい。皇樹さんのご両親はすでに亡くなっているから、柚希と柑音の祖父母になれる人間は彼らしかいないのだ。

そのとき。縁側をどたどたと走る音が聞こえてきた。

「こらこらこら～、ふたりとも～」

椿兄の柔らかな叱り声。かと思えば、ちらりと襖《ふすま》が開いて、きょろんとした目が二対、こちらを覗き込んできた。

「パパぁ！　ママぁ！」

「みぃつけたあ～！」

ふたりが大声をあげて居間に飛び込んでくる。柑音は私、柚希は皇樹さんの胸もとにそれぞれ飛び込んだ。

「ごめーん、柊兄がトイレ行った隙に、ふたりが飛び出していっちゃって」

まだ子どものいない椿兄は、子どもたちの相手に苦戦していたのかもしれない。

「あれ？　話終わったの？」

そう言って廊下側から顔を覗かせたのは、トイレに行っていたという柊兄。

「違うよ、脱走だよ、脱走」

「ありゃりゃ。そろそろ飽きてきた頃だったもんなあ」

柊兄と椿兄が揃って苦笑する。そんな中、父が柑音と柚希を見つめてぽつりと漏らした。

「こうして見ると、ふたりの子どもの頃にそっくりだ」

「え……？」

黒々とした髪、とくに柚希の凛々しい眉、意志の強そうな漆黒の目、それらは確実に皇樹さんの遺伝子だとわかるが……。

「私にも、似ていますか？」

「ああ。とくに柑音の鼻と口の感じは、楓の小さい頃によく似ているなあ」

そう言われたのは初めてで驚いた。私をずっと見守ってきた親だからこそわかるのかもしれない。

子どもたちがきょとんとした顔で両親に近づく。

「こ、こんにちは……」と恐る恐る挨拶したのは柑音。

「おじいさん、だあれ？」と素直に尋ねたのは柚希だ。

父は毒気を抜かれたのか、目を丸くしたあと、ゆっくりと立ち上がった。こちらに回り込んできて、ふたりの前に膝をつく。

「……こんにちは。はじめまして、おじいちゃんです」

ちょっぴりかしこまった不思議な挨拶に、ふたりはきょとんと目を瞬かせて〝おじいちゃん〟を観察する。

「おじいちゃん？　かのんのおじいちゃん？」

「ゆずのおじいちゃんだよ！」

「かのんでしょ！」

またしてもひょんなことから言い合いになり、聞いていた父が苦笑する。

「ふたりのおじいちゃんだ」

表情を緩ませた父を見て、母も拍子抜けしたようだ。呆然としてこちらの様子を見守っている。

恐れを知らない柚希が、そんな母に話しかけた。

「おばあさんは、ゆずのおばあちゃん？」

「え、ええ。柚希くんと、柑音ちゃんのおばあちゃんですよ」

理解したふたりはきちんと並んで「こんにちは！」と挨拶する。

母は「はい、こんにちは。とてもお元気ですね」と答えながらも、驚いたようにふたりをじっくりと眺める。

「本当にそっくりだわ。皇樹さんにも、楓にも」

「もっと早く子どもたちに会っていれば、皇樹殿が父親だと気づけたのかもしれないな」

どこか寂しげな父の呟きは、まるで勘当したことを後悔するかのよう。

「……蓮の言うように、もう少し娘を信じて寄り添う道があったのかもしれない」

私と蓮兄は顔を見合わせる。父が自分の間違いを認めるのは、すごく珍しいことだから。

そんな微妙な空気を軽々と払拭してしまうのが、子どもたちだ。

「おじいちゃん！　あそぼ！」

無邪気な柚希のお誘いに、父も「そうだな。なにをしてあそぶ？」と目もとを緩ませる。

母もつられたのか穏やかな表情をしていて、ふと柑音の編み込みに気づき「あら。素敵な髪ね」と口にした。

「ママにしてもらったの。かあいい？」

「ええ。ママは髪を結うのが上手なのね」

「うん。じょうず」

穏やかでのんびりとした柑音に合わせて、母が丁寧に会話をする。

私は柑音の編み込みを見つめながら、ふと思い出したことを口にした。

「私も小さい頃、編み込みをしてもらった覚えがあります」

「そうね。楓の髪はくせっ毛でふわふわしていて、纏めるのが大変だったわ」

久しぶりに母と冷静に会話をした気がする。子はかすがいと言うけれど、夫婦だけでなく、両親とまで絆を繋いでくれるなんて。

「今度、家族全員で食事でもするか。……紅葉も呼んで」

柚希と手遊びをしながら、父がぽつりと漏らした。『紅葉も』――その言葉を聞いて、蓮兄たちは驚きの顔をする。

反応したのは兄たちだけではない。柑音が「もみじにいちゃんもくるの?」とパッと目を見開く。

「あのね、もみじにいちゃんち、すっごい、たかいとこなんだよ」

柚希が手を伸ばし、ぴょんぴょん跳ねて高層マンションの高さを表現する。

「おそらにあるんだよ」

「そうか。お空にあるのか。そりゃあすごい。おじいちゃんも行ってみたいな」

「じゃあ、ゆずといこう!?」

無邪気に誘われ、父は「うん、行こう」と笑顔で頷く。

「かのんも、おばあちゃんといく!」

母は一瞬戸惑うも「そうね。行きましょうね」と柑音に微笑みかけた。

私は皇樹さんと顔を見合わせて、ホッとひと息つく。家族全員での会食も、お空の上にあるお家ツアーも、実現するといいなと思う。

挨拶を終え実家を出る私たちを、両親は玄関の前まで見送ってくれた。

「力になってやれなくてすまなかった」

あの父が謝罪するなんて、耳を疑ったというのが正直なところ。でも、きっと父も変わろうとしているのだろう。

「また子どもたちを連れてきてもいい？」

「ええ。もちろんよ」

母もなんだか憑き物が落ちたようにすっきりとしている。

柚希と柑音が皇樹さんの車のチャイルドシートから声を張り上げた。

「「おじいちゃん、おばあちゃん、ばいばーい！」」

……ああ、そうか。この子たちの存在が両親の心を変えたんだ。

孫の温もりに触れて、優しい表情をする両親を見てそう思った。


結婚に向けて、芙芝家の同意は得た。久道家については、結婚式や披露宴のタイミングで親族に挨拶をすればいいと皇樹さんは言っている。

気になるのは彼の叔父の洸次郎さんだけれど、挨拶しに伺っても祝福はしてもらえないだろうというのが皇樹さんの予想。婚姻届を提出後、あらためて報告する予定だ。

それから一カ月が経ち、十一月。季節は秋だが、ファニーグランマではすでに冬服が入荷している。

「この親子コーデも最高じゃない！」

昨日の日曜日、みんなに協力してもらって撮った冬服の家族写真を見て、オーナーは喜びの悲鳴をあげた。

家族四人でホワイトのセーターを着て、ボトムスはデニム素材。皇樹さんはストレートジーンズで、私はスキニー、柚希はハーフパンツで、柑音はスカート。

「パパさん、脚が長いわよねー。顔も小さいし。本当にモデルさんじゃないの？」

オーナーが不思議そうに首を傾げる。元モデルからモデルと間違われるのだから相当なものだ。

私は苦笑しながら「ごく普通の会社員です」と告げる。……厳密には『普通』でも『会社員』でもないけれど。

「ファニーグランマは母子コーデがメインだったのに、パパさんのお陰ですっかり家族コーデに火が付いちゃった。お礼言っておいてね」

「お役に立てて光栄です」

売上に貢献できて安心した。オーナーがふと笑みをこぼす。

「パパさんが来てから、芙芝さん、とっても顔色がよくなったわね」

「え？」

思いもよらぬ指摘を受け、ぱちりと目を瞬かせる。

「あと、笑顔がとっても自然になった」

「……もしかして、今まで笑顔が引きつっていました？」

「そういうわけじゃないんだけどね。笑顔の中にどこか寂しさが感じられたの。なにかをあきらめたみたいな儚さがにじみ出てたっていうか」

皇樹さんと再会する前を思い出し、胸がちくりと痛む。幸せなはずなのになにかが埋まらない、そんな虚しさが普段の表情に表れていたのかもしれない。

「今は、心から笑っているのだとわかる。もう心配はいらないわね」

オーナーにポンと肩を叩かれて胸が詰まる。

「ご心配をおかけしました。もう大丈夫です」

これまで見守ってくれてありがとうございます、そう感謝を込めてオーナーの手を両手で包み込む。

「まだまだ期待してるわよ。ファニーグランマをたくさん盛り上げてね」

「もちろんです！」

お世話になった分、これからは恩返しをしていく番だ。そう自身を奮《ふる》い立たせると、育児も仕事もやる気がみなぎってきた。

週末の日曜日。皇樹さんが仕事で朝早く出かけるというので、久しぶりに紅葉の家にお邪魔することにした。

「いらっしゃい。うちに来るのは久しぶりだね」

玄関で紅葉が出迎えてくれる。柑音と柚希が「もみじにいちゃん～！」と声を揃えて飛びついた。

「ほらほら、ふたりとも。おうちに入るときは？」

私の問いかけに、ふたりは「おじゃまします！」と叫んで玄関の靴を揃える。

元気な挨拶に、紅葉はふにゃりと目もとを緩ませて「いらっしゃい」と答えた。

「やったあ、おそらのおうち！」

はしゃぐ柚希に「今は自分の家のほうが豪華だろう？」と紅葉が苦笑する。

入居してすぐの頃、一度紅葉を家に招いたが、あまりの豪華さに「うっわー」を連呼していた。とくに子どもたちの部屋の広さには「俺の部屋の倍はあるじゃん」と苦笑するしかなかったようだ。

「でも、おそらのおうちは、とくべつよ」

柑音が言うと、紅葉は嬉しそうに「そっかそっか」と子どもたちの手を取ってリビングに向かった。紅葉がふたりの相手をしてくれている間に、私はキッチンでお茶を淹れる。

「そういえば、父さんから電話があったよ」

ふと紅葉がキッチンのカウンター越しに報告してくれる。

「もう二度と話すことはないかもって思ってた。間、取り持ってくれたんだよね？ありがと」

「蓮兄が説得してくれたの。皇樹さんも口添えしてくれたし」

「父さんに家が見たいとか言われて、びっくりしたよ。姉ちゃんたちが遊びに来るときに合わせて会いに来るって。間に姉ちゃんたちがいないと、まだちょっと気まずいみたい」

紅茶の入ったマグカップふたつを紅葉がテーブルに運んでくれる。子どもたちは麦茶だ。持参した水筒を開けて、子ども用のカップに注ぐ。

「照れてるのよ。お父さんらしい」

父なりに、息子との溝《みぞ》を埋めようとしているのだろう。きっといつか、家族全員で集まってご飯を食べられる日がくる。

「ところで、そのでかい紙袋なに？」

私が今日持参した紙袋を見て、紅葉が首を傾げる。

「これね。じゃーん！」

中から取り出したのは、立派な巨峰。大粒で実がプリッとしていて瑞々《みずみず》しい。

「うわーうまそー。あと、めっちゃ高そう」

「皇樹さんがたくさん買ってきてくれたの。紅葉、好きだと思ったから。お裾分け」

「サンキュー。じゃ、みんなでさっそく食べようか」

紅葉がキッチンにやってきて、食器棚から大きな平皿を取り出す。私は巨峰を水洗いしてお皿の上へ。子どもたちが喉に粒を詰まらせないように包丁で四つに切る。

そのとき、子どもたちのいるローテーブルの上でコトリと音がした。

「ああー！　かのんがこぼしたー！」

柚希の声に大慌てで振り向くと、ローテーブルの上のカップが横倒しになっていて、麦茶が盛大にこぼれていた。座っていた柑音の洋服もびしょびしょだ。

「ああっ……大変」

慌てて布巾を持って飛んでいく。柑音はすでに半泣きで「ご、ごめんなしゃい……

ひくっ……」と嗚咽を漏らしている。反省は充分にしているみたいだ。

「濡れちゃったね、今タオル持ってくる」

紅葉が洗面所に走る。私は布巾でテーブルの麦茶を堰き止めた後、柑音をその場に立たせた。

「上も下もびしょびしょだね。お着替えしないと」

すると、紅葉がフェイスタオルを三枚ほど抱えて戻ってきた。

「着替えはある？」

「うん。一式持ってきたから大丈夫」

その場の後片付けを紅葉にお願いして、私は柑音とともに脱衣所に向かう。

「柑音、ばんざーいして」

中に着ていたシャツまでびっしょりだ。ボトムスもスカートだけではなく下着まで。

風邪を引く前にと濡れた服を手早く脱がせる。

「お着替え持ってきてよかったね」

バッグの中から新しいシャツ、トレーナー、スカートを出す。しかし、下着がなかなか見つからなくてハッとした。

もしかして下着の替えを入れ忘れた？　しまったぁ〜、と蒼白になる。

だがトイレトレーニング中なので、幸いにもおむつの替えは持っている。下着の代わりにこれを穿いてもらうしかない。

私が「しばらくこれを穿いていてくれる？」と言っておむつを取り出すと、柑音は眉を下げてぶんぶんと首を横に振った。

「いや、なの？」

こっくりと頷く柑音。もうお姉さんだから、おむつを穿くのは恥ずかしいと思っているのかもしれない。

「ごめんね、今はこれしかないの」

しかし、何度説得しても頑なに首をぶんぶん振って拒絶する。なんて頑固なのだろう……って、頑固に関しては人のこと言えないか。

「お願い。帰るまででいいから」

「いやなのぉ～」

しくしくと泣き出してしまう始末。普段は物わかりのいい柑音がこんなに嫌がるなんてよっぽどだ。私には理解の及ばない、彼女なりのこだわりがあるのかもしれないと肩を落とす。

「わかった。ママが柑音のパンツを急いで取りに帰るから。少しの間だけ、これを穿いてて？　このままじゃお腹が冷えちゃうもの」

すごーく嫌そうだが、渋々頷く柑音を連れてリビングに戻る。

紅葉に事情を説明し、私が下着を取りに帰っている間、子どもたちのお世話をお願いした。車を出そうか？と言ってくれたけれど、そこまでの距離ではない。全員で出かける準備をしている間に到着してしまいそうだ。

三人に見送られ、私は貴重品の入ったショルダートートだけ下げてマンションを出た。

「柑音のこだわりが強くなってる気がする。イヤイヤ期かしら」

皇樹さんに知られたら、頑固さが私にそっくりだと言われそう……。そんなことをぼんやりと考えながら自宅に向かう。

住宅街を歩いていると、道の先で金髪の外国人女性がスマホを片手に周囲をきょろきょろ見回しながら、行ったり来たりしていた。

距離が近づくにつれ、顔立ちがはっきりしてくる。透き通るような白い肌、青みがかった瞳。顔立ちは大人びているがあどけなさもあり、二十歳前後といった印象。身長は私より少し高くて、すらりとしているのに胸が大きい。

華やかなワンピースとハイヒール、肘には折り畳んだトレンチコートをかけている。

確かに秋とはいえ日中のこの時間は、コートを着るには少し暑い。

高級ブランドのロゴが入ったスーツケースをゴロゴロと引きながら、気安く話しかけるなと言わんばかりの高貴なオーラを纏い、お嬢様然とした足取りで歩いている。

しかしわかりやすく困った顔をしているので、放っておくこともできず、すれ違いざまに「Excuse me.（すみません）」と声をかけた。

道案内程度の英語なら話せる。私が「Where would you like to——（どこに行こうとして——）」と話しかけると。

「Give me a sec!（ちょっと待って！）」

なぜか焦った様子で制止されてしまい、思わずその場で直立する。

彼女は大きく息を吸うと、ん、んんっと一度咳払いをして、私に向き直った。

「家を、探してマス」

少々カタコトではあるけれど、しっかりと聞き取れる日本語だ。もしかしたら、日本語で話をさせて、という意味の『ちょっと待って！』だったのかもしれない。

「私の日本語、わかりマスカ？」

「はい、わかります」

「OK. Uh……この場所に、行きたいデス」

彼女が見せてくれたスマホにはマップが開かれていて、検索欄にはアルファベットで住所が入力されていた。しかし、目的地が読み取れないのか、マップが反応しない。住所を確認してみると『渋谷《しぶや》』が『Shibutani《しぶたに》』になっていた。

「ここを直して……」

スペルを訂正するとマップが反応し、目的地のアイコンが浮き上がった。女性が「Wow!」と嬉しそうに声をあげる。

番地までは見えなかったが、その目的地を見て自宅の近くであることに気づく……というか、この大きな敷地はうちのマンション？

「近くまで行きますので、ご案内しましょうか？」

提案してみると、女性は「ありがとう！」と花が咲いたように笑った。

黙っていると凛として百合のように気高いのに、笑うとマーガレットのように愛らしい。素敵な女性だなと思った。

「私はメアリー。よろしくお願いしマス」

「私はカエデです。日本には、ひとりで来たんですか？」

なるべくわかりやすいようにゆっくりと尋ねると、ちゃんと伝わったようで「ハイ！」という元気な返事が来た。

「イギリスから来マシタ。日本は、はじめてデス」

五分程度の道のりを並んで歩きながら、彼女は自身について教えてくれる。

「夫に会いたいため、来マシタ。夫は日本で働いてマス」

どうやら来日の目的は、日本に赴任中のご主人に会うことのようだ。

「日本語、とてもお上手ですね」

「ハイ！　たくさん勉強シマシタ！　夫と、話をしたい」

キラキラした目で語るメアリー。『夫と、話をしたい』――私はてっきり、ご主人もイギリスの方かと思っていたけれど……。

「もしかして、ご主人は、日本の方ですか？」

彼女は笑顔で「ハイ」と答える。

「日本の会社で、社長をしてマス。とても素敵なヒト。一度、会いマシタ」

「一度……だけ？」

聞き間違いかと思って尋ねるも、彼女は元気よく頷く。

「私のパパも社長。イギリスの大きい会社デス。結婚はパパの仕事のため、とても大事デス」

彼女の言葉を繋ぎ合わせて解釈すると……つまり父親の会社のために政略結婚をし

たということ？　しかも、まだ一度しか会ったことがない相手と？

その割に彼女に悲愴感はなく、幸せそうで、どこかわくわくしているようにも見える。きっとその一度の出会いが素晴らしいものだったのだろう。

「結婚おめでとうございます。どうぞお幸せに」

彼女は「ありがとうございマス！」と大きく頷いて、自身の体をぎゅっと抱きしめる。

「会ったのは一度。でも、問題アリマセン。私たち、激しく愛し合いマシタ」

思わず「えっ」と驚きの声を漏らして赤面する。つまり、その一度でベッドインを？　出会って即だなんて……カルチャーショックというかなんというか。いや、その男性がそれだけ素敵だったということなのかも。

「だから、夫に会いに来マシタ！」

彼女が力説する。驚くことばかりではあるけれど、わざわざ日本語を勉強して、ここまで会いに来るほどなのだから、彼女の愛は深いに違いない。

そうこうしている間に目的地のすぐ裏手に辿り着く。やはり同じマンションを目指していたようで、彼女はマップと建物を見比べながら「ここデスネ！」と安堵する。

「ようやくご主人に会えますね」

正面玄関に案内しながら労うと、彼女は少々複雑な表情でかくんと首を傾げた。

「実は部屋番号が、ワカリマセン」

「そ、そうなんですか⁉　ご主人に連絡は……」

「内緒で来マシタ……。でもっ、きっとダイジョウブ。フロントにお話しシマス。夫、帰ってくるまで、待ちマス」

私は困惑して立ち止まる。フロントで聞いたとしても、個人情報保護等の観点から部屋番号は教えてもらえないだろうし、待たせてもらえるかも怪しい。

頑張ってここまで会いに来たのに、門前払いではあまりにも酷だ。

「ご主人のお名前を伺っても？」

居住している私からフロントにお願いすれば待たせてもらえるかも。そんな期待を込めて尋ねてみると。

「夫の名前は、コウキ、デス。コウキ・クドウ」

「え……」

彼女の口から紡がれた名前に頭が真っ白になる。動揺を押しころすので精一杯で、視線が彷徨《さまよ》った。

皇樹さんが、彼女のご主人……？

よくよくメアリーの言葉と、かつて洸次郎さんから受けた説明を照らし合わせてみると、あまりにも腑に落ちる。

『イギリス』『良家の令嬢』『政略結婚』――これらはでまかせではなく、真実だった？　皇樹さんはすでにメアリーと籍を入れて……？

「カエデ……？」

突然黙り込んでしまった私を、メアリーは不思議そうに覗き込んでくる。

そのとき、正面玄関のほうで車のドアの開閉音がした。見れば、車寄せに一台の高級車が駐まっていて、降りてきたスーツ姿の男性がマンションに入ろうとしている。

それを目にした瞬間、メアリーはスーツケース、そしてコートすらも捨て置いて走り出した。

「コウキ！」

男性――皇樹さんは驚いた様子で振り向く。

「君は……メアリー!?」

その言葉を皇樹さんがどんな顔で言ったのかはわからない。彼が振り向いた瞬間、私はすぐ脇にあった門柱《もんちゅう》の陰に隠れてしまったからだ。

「I've missed you!!（会いたかった……！）」

メアリーの切なげな、でも幸せそうな声が響いてくる。

ちらりと覗き込むと抱き合うふたりが見えて、慌てて体を引っ込めた。

「What brings you here――（どうしてここに――）」

皇樹さんの返答を聞き終える前に、足が勝手に逆方向へと動き出す。これ以上、ふたりの会話を聞かないほうがいいと直感していた。

皇樹さんはイギリスにメアリーという妻がいるにもかかわらず、私にプロポーズしたのだろうか。

彼はそんな不誠実なことはしない、そう自身に言い聞かせながらも説明がつけられない。

メアリーはなんの事情も知らず、今も純粋に皇樹さんを愛している。父の仕事のため、とても大事な結婚だと言っていた。

『激しく愛し合いマシタ』――愛おしげに自身の体を抱きしめるメアリーを思い出して、思わず口もとを押さえる。

……皇樹さんは、メアリーを愛したんだ。

私が連絡を断っていた三年間。彼がなにをしようと、誰を愛そうと、とても文句は言えないけれど。なぜだか胸が冷たくて苦しい。心のどこかで、ずっと私だけを愛し続けていてくれたのだと、都合のいい解釈をしていた。

すでにイギリスで籍を入れているなら、私たちは家族になれない。向き合う勇気が持てず、私はそのままマンションをあとにした。

紅葉のマンションに戻ってきたのは、皇樹さんとメアリーの再会を目撃して一時間ほど経ったあとだった。

「「ママーおかえりー！」」

玄関の開く音を聞きつけて、柚希と柑音が廊下をバタバタと駆けてくる。

「姉ちゃん？　随分遅かったけど……ああ、買い物してきたの？」

あとからやってきた紅葉は、私の手もとの紙袋を見て、首を傾げる。

結局マンションには帰れなかった。けれど、柑音の下着を持ち帰らないわけにはいかず、駅前のデパートにある子供服売り場で下着を買ってきたのだ。ついでに子どもたちのパジャマも購入した。

「ただいま。今日はここにお泊まりしよっか」

私が腰を落として子どもたちに相談すると、ふたりは「ほんとー？」「やったぁー」と飛び上がって喜んだ。

「お邪魔していい？　紅葉？」

「それは全然かまわないけど。なんかあった……よね？」

「ん……」

すいっと視線を逸らす。まだうまく説明する自信がない。口にしたら、本当のことになってしまいそうで。

「っていうか、明日保育園でしょ？　荷物とか、どうするの？」

「あ……そうだった」

通園バッグに水筒、お着替え、月曜だからシーツやタオルも持っていかなければ。すっかり失念していて、頭を抱える。

「ちょっと……考える」

私が疲れ切った声で言うと、紅葉がそっと私の肩に手を置いた。言葉にはできない深刻ななにかがあった、そう察してくれたみたいだ。

「とりあえず、ゆっくりしなよ。姉ちゃんの分の巨峰、冷やしといたからさ」

「ん……ありがと」

紅葉はちょっぴり悩ましげな顔で微笑んで、子どもたちのあとを追ってリビングに戻っていった。

第八章　その愛だけを信じて

その日は日曜日だったが、外せない昼食会があり家を出た。

会食の相手は製薬やITサービスなど幅広い企業を傘下に持つ『近堂《こんどう》ホールディングス』の会長、近堂親臣《こんどうちかおみ》。御年六十五歳で、日本経済に強く影響を与える存在として、財界の重鎮《じゅうちん》と呼ばれている。

父ともっとも親しくしていた経営者であり、ライバルでもあった。現在は競業《きょうぎょう》ながらも、亡き父の代わりに俺の成長を見守ってくれている。

全世界を飛び回り、あらゆる料理を食べ尽くして、舌が肥えに肥えた会長を飽きさせないために、今日は和洋折衷《わようせっちゅう》の創作懐石レストランを手配した。

個室にはモダンなテーブル席と、ゆったりとしたソファが配置されている。テーブル席に座って待っていると、店のスタッフに案内されて、威厳と貫禄を兼ね備えた男性が入ってきた。

少々ぽってりとした体格に食えない性格。周囲からは畏怖を込めて古狸《ふるだぬき》と呼ばれているが、俺の印象としては鋭い観察眼とタイミングを見極める力、瞬発力は狐に近い。

そのうしろからひっそりと現れたのは秘書の菊田《きくた》という男だ。いつも空気のように存在感をころして会長の背後にいるが、噂によると相当な敏腕らしい。

「お久しぶりです。近堂会長」

立ち上がって挨拶すると、彼は手で「座ってくれ」と示し、目尻の皺を濃くした。

「久しぶりだな、皇樹くん。それとも、久道代表と呼んだほうがいいかな？」

「そう呼んでもらえるのは光栄ですが、名前のほうがワガママが言えて気が楽です」

彼は、あっはっは、と豪快に笑う。

早々に運ばれてきたのは、日本酒とボリューミーな肉料理。細々とした料理が面倒くさいという彼のために、最初から最後まで肉と魚のメイン料理が続くようオーダーした。

彼は「わかっているなあ、君は」と笑って、豪快に肉を頬張り、日本酒を喉に流し込んだ。

「洸一の葬式には行けなくてすまなかった」

父が亡くなった当時、近堂会長は中東へ視察に行っていたそうだ。すぐに帰国するわけにもいかず、式典当日は花と弔電《ちょうでん》をもらった。

「後日、実家に来てくださったと聞きました。私こそ不在にしていて申し訳ありません」

「今、顔を見られたからよしだ。生きてりゃ一緒に酒が飲める」

そう言って酒器を掲げる。

「近堂会長には長生きしていただかないと。あなたが目を光らせているうちは、業界は安定しているでしょうから」

重鎮と恐れられているだけあって、その役割は大きい。以前は父もその一端を担っていたが、父亡き今は彼が頼りだ。

いずれは自分がその立場に立たなければと考えると、彼から学ぶべきものは多い。

「安定といえば。イギリスのロイヤル・ハワードグループと提携を結ばなかったそうだな」

ロイヤル・ハワードグループとのコネクションを作る、それがイギリス赴任の目的のひとつ。父からは提携に相応しいパートナーか見極めるように言われていた。しかし――。

「調整を進めていましたが……どうも一方的で」

向こうから持ちかけてきたにもかかわらず、条件は圧倒的にあちら側に有利だった。

こちらがいくら譲歩しても、歩み寄る素振りはなく平行線。我が社が食い物にされるくらいならとこちらから断った。

「これ以上踏み込むのは危険だと判断しました」

「いい判断だ。あの辺の連中はとにかくプライドが高いからな。対等な契約では満足できんのだろう。洸一もそれを見込んでの様子見だったのだろうし」

提携こそなくなったが、イギリス支部の経営規模拡大には充分すぎるほど貢献した。ハワードグループに代わる独自の人脈も得て、イギリス赴任は実り多かったと言えるだろう。

「代わりと言ってはなんですが、アメリカのロッドウッド社との提携を考えています」

「ほう。それはおもしろい」

彼が興味深そうに目を見開く。ロッドウッド社と対等な交渉の場に立てた、それは父もなしえなかったことで、俺の功績と言っていい。

「ハワードグループの傘下に下るよりは、ロッドウッド社と提携を結んだほうが、将来的にもずっといいだろう」

「そう言っていただけてよかったです。……叔父は今でもハワードグループとの提携をあきらめていないようですが」

「洸次郎くんか……。それに関しては、どうもきな臭い話を聞いてな」

会長は酒器を口もとに持っていき、声をひそめて切り出す。

「『ＲＨＢエアサービス』の代表と親しくしているようだな。ハワードグループとの提携を推していたのは、そのせいだろう」

ＲＨＢエアサービス――ロイヤル・ハワード・ブリティッシュ・エアサービスは、ハワードグループが日本に展開している空運会社だ。

貿易会社の代表を務める洸次郎さんが、その代表と親しいのは不思議ではないが、わざわざ近堂会長が口にするということは、警戒すべき情報を掴んだのだろう。

「あれはクーデターを起こすつもりだ。好き勝手させるなよ」

物騒なワードに目を閉じる。洸次郎さんが現在の地位に不満を持っていて、裏で画策していることについては、こちらもすでに勘づいていて、証拠集めに奔走《ほんそう》しているところである。

「後手に回ってはいますが、いい加減決着をつけるつもりで準備を進めています」

「それを聞いて安心した」

彼が空になった酒器を置き、背もたれに深く身を預ける。すぐさま次の酒と魚料理が運ばれてきて、テーブルが華やかになる。

「老輩からもひとつ、餞別《せんべつ》を贈ろうか。おい、菊田」

空気のように存在感を消して部屋の隅に立っていた秘書が、ようやく前に進み出た。懐から一枚の紙を取り出し、俺に差し出す。

その内容を見て、俺は目を大きく見開いた。

「これは……どうやって」

「金と信頼があれば、手に入らないものはない」

それは洸次郎さんとRHBエアサービスがただならぬ繋がりを持つという証拠。これがあれば洸次郎さんを言及できる。だが――。

「ありがとうございます、と言いたいところではありますが」

その用紙を折り畳み見なかったことにして、菊田さんに返却する。

「これを受け取っては、いざというときにあなたに意見できなくなります」

恩を売られるとはそういうことだ。彼は父の友人であると同時に、同業他社のライバルだと忘れてはならない。

近堂会長は目を丸くしたが、痛快と言わんばかりに「あっはっはっは！」と大声をあげて笑った。

「それでこそ洸一の息子だ」

パン、と大きく手を叩き、満足した様子で秘書を下がらせる。

「近頃の君を見ていると、若かりし頃の洸一を思い出すよ。同世代なのになぜ、ああも違いが出るのかと羨んだものだ。しっかりと君に受け継がれているようで安心した」

「期待に添えるよう精進します」

いつか彼のように、そして父のように。重鎮と呼ばれ慕われ、ときに恐れられる偉大な経営者となるために、まだまだ俺には努力が必要だ。

「困ったらいつでも言いなさい。一度くらいは貸し借りなしで力になる。洸一への恩返しだ」

「ありがとうございます」

空の酒器にあらためて最高級の日本酒を注ぎなおし、父への献杯とした。


会食を終えた俺は、秘書に運転を頼みマンションに戻ってきた。

予定よりも早めの帰宅となったが、彼女は子どもたちとともに家にいるだろうか。

送ってくれた秘書に礼を告げ、エントランスの前で車から降りると。

「コウキ！」

聞き覚えのない声に名前を呼ばれ、驚いて振り向く。

いや。荷物をすべて放り出して走ってくる女性には、確かに見覚えがあった。

「君は……メアリー⁉」

ハワード家の長女メアリー、二十歳。彼女とはハワード家主催のパーティーで一度だけ会ったことがある。彼女の父親はロイヤル・ハワードグループの代表。そして彼女こそ、叔父が強く縁談を勧めていた女性だ。

『会いたかった……！』

英語でそう漏らしながら勢いよく飛び込んできた彼女を受け止め、俺は『どうしてここに――』と驚きの声をあげる。

彼女はこの場所を知らないはずだ。そもそも俺に会いに来る理由がない。縁談をする気はないと一番初めに伝えたし、ハワード家との提携は合意に至らず白紙となった。とはいえ、彼女が偶然ここにいるとは考えにくい。俺に用があって来たと考えるのが妥当だろう。

『なにがあったのですか？』

尋ねると、彼女は俺の胸もとに縋りつきながら、潤んだ瞳でこちらを見上げた。

『ずっとお会いしたかったんです。だって、もうすぐ結婚だというのに、全然会いに来てくれないんですもの』

驚きの内容に硬直する。まさか彼女は俺と結婚すると信じ込んでいるのか。

一体誰がそんな話を彼女に吹き込んだ？

『メアリー。よく聞いてください』

彼女の両肩に手を置き、自身の体からゆっくりと引き剥がす。

『確かに縁談の話は持ち上がりましたが、すぐに解消されました。ハワードグループと我が社の提携は白紙に。あなたは、私と結婚する必要などないのです』

彼女はぽかんとした顔でこちらを見つめていたが、すぐに『嘘よ』と引きつった笑みを浮かべた。

『だってお父様がそう言っていたわ。もうすぐ結婚だって。それから、ミスター・サンジョウも』

――三条洸次郎、彼がこの住所を教えたのだろうか。

わずかにこちらの表情が険しくなったのを察してか、彼女は取り繕《つくろ》うように『ねえ聞いて』と自身の胸に手を当てた。

「日本語を練習シマシタ。たくさん、コウキとお話、したいカラ」

日本語などまったくできなかったはずの彼女が流暢に話し始めたのを見て、唇を引き結ぶ。これだけ話せるようになるまで、さぞ勉強したことだろう。

「私、いい妻になりマス」

……許せない、そう感じて強く拳を握り込む。純真な彼女を騙し、利権を掴むための道具にした実の父親が、そして彼女の気持ちを踏みにじり俺と楓を引き裂こうとした卑劣《ひれつ》な叔父が。

『……メアリー。私には将来を約束した人がいるのです』

彼らへの怒りを押しころしながら、残酷な現実を告げる。彼女は悪意ある者たちに騙された被害者であって、落ち度などまるでない。だが、真実は伝えなくては。

『あなたもどうか、一度会っただけの私などではなく、心から愛せる男性と一緒になってください。政治の道具になってはいけません』

彼女は震えながら俺の言葉を聞いていたが、ないがしろにされたと思ったのか、俺に掴みかかってきた。

『どうして⁉ 私たち、愛し合ったじゃありませんか！』

『……それは、どういう？』

『パーティーのあの日、私を抱いてくれたでしょう⁉』

彼女がなにを言っているのか、よく理解できなかった。一度挨拶を交わしただけなのに、抱くなどとんでもない。

『確かにパーティーのあの日、私たちは顔を合わせましたが、抱くとはいったい……』

『私が酔いつぶれたとき、部屋に運んでくれたじゃありませんか。そのまま夜を明かして――』

『待って、待ってください、メアリー』

記憶が混乱しているのか。俺はあの日の出来事を遡り、順序立てて辿った。

『確かにあなたは酷く酔っていて、私は肩を貸しました。あなたを自室で休ませるために、大広間の階段をともに上った』

『そのまま私はあなたと部屋で一夜をともにしたはず――』

『いえ。私はあなたを部屋に送り届けたあと、使用人の女性に任せ、すぐにその場を立ち去りました。部屋の中には一歩も入っていません』

『え……』

俺の言葉が予想外だったのか、彼女は愕然としてその場に立ち尽くす。

『だ、だって！　起きたらバスローブを着ていたの！　あなたが朝、部屋から出ていったところを見たって人が――』

『私は夜のうちに屋敷を出ました。あなたを着替えさせたのは使用人でしょう』

指摘すると、彼女は真っ青になって唇を震わせたが、もとより状況に違和感はあったのだろう。

『……本当は、おかしいかもしれないって思っていたの。でもあなたと、なにかあったと信じたかった。そうすれば、きっとお父様の役に立てると思ったから』

ほろほろと涙を流し始める。顔を覆ってその場にしゃがみ込んだ。

なにかあったと信じたかっただけで、本当はなにもなかったと自分でもわかっていたのかもしれない。

『メアリー。提携の話はなくなりました。もう自分を犠牲にしなくていいのです』

『犠牲……？』

そうは思っていなかったのか、驚いた表情で顔から手を離す。

『あなたはあなたの意思で、結婚相手を選ぶんです』

『私の、意思……』

『俺には生涯を捧げると誓った女性がいます。心から愛している。あなたにもそういう男性と出会ってほしい。心から望んで結ばれてほしい』

俺の言葉を、彼女は真剣に耳を傾けて聞いている。

『心から望む、結婚……』

まだ放心状態の彼女の肩を抱き、秘書が運転する車の後部座席に運んだ。秘書に久道グループの顔が利く最高級ホテルのスイートに宿泊させるよう指示する。

『明日、帰国できるように便を手配しておきます。それまでどうか体を休めて』

道に置き去りになっていたスーツケースとコートを車に運び終えると、後部座席を覗き込んだ。

『メアリー。どうかひとつ、教えてください。あなたに〝朝まで私と一緒にいた〟と吹き込んだのは誰です？』

『……ミスター・サンジョウが。私たちの関係は情熱的だと。すぐにでも結婚するべきだとアドバイスをくれました。お父様もとても喜ぶからと。……その言葉を、私は信じすぎていたのかもしれません』

やはり彼かと、落胆と怒りが入り混じる。

すると、メアリーはなにかを思い出したのか顔を上げて、もと来た道を見つめた。

『カエデは……』

『カエデ？』

彼女の口からその名が飛び出すとは思わず、まさかという思いに駆られる。

『ここまで案内してくれた、心優しい女性です。迷子だった私に声をかけてくれたの。もう行ってしまったのかしら。ああ、私ったら、まだお礼も伝えていなかったのに』

彼女がここにいて、俺とメアリーのやり取りを見ていた――最悪の誤解をさせてしまったかもしれないと恐怖から眩暈がした。

＊＊＊

紅葉の家に戻りしばらくして。ぼんやりとソファに座っていたら、子どもたちが両脚にしがみついてきた。

「ママー？　どうしたの？」と心配そうにこちらを覗き込んでくる柚希。

「ママ？　かなしいの？」とすでに半泣きになっている柑音。

笑顔で接していたつもりだったのに、無理をしていたのが子どもたちにはバレバレで、情けない気持ちになる。

「なんでもないのよ。たくさん歩いて、ちょっと疲れちゃったのかな」

笑ってごまかそうとするけれど、こういうときに限って子どもたちは騙されてくれない。

「ママ、こまってる」

柚希がそう断言して、私の返答を待たずに両手をパッと大きく広げた。

「パパにたすけてもらおう！」

柑音も閃《ひらめ》いたようにぴょんと飛び跳ねる。

「パパがいるから、だいじょぶ！」

キラキラと光る子どもたちの目は、一心に皇樹さんを——パパを信じている。ママを必ず助けてくれると確信して疑わない、無垢な瞳。

その目をじっと見つめていたら、私の心がいかに歪み淀《よど》んでいるか、思い知らされたような気がした。

ねえ楓、と私は自問自答する。私の愛した彼はこの子たちの信頼を裏切るような人？『愛しているのはたったひとり、君だけだ』——あの言葉が嘘だと思う？

私の目を曇らせているのは、い恐怖だ。その裏にあるのは、彼に裏切られるかもしれないという、なんの根拠もない恐怖だ。その裏にあるのは、自分が傷つきたくないという保身。臆病になっているだけ。私が彼を信じてあげなくて、どうするの？

「うん……そうだね」

まずは子どもたちと一緒に、自分の愛した人を信じよう、そう決める。

そのとき、ドアフォンが鳴った。来客を知らせるチャイムだ。ダイニングにいた紅葉がすかさず応答する。

「……あー、そのパパがお迎えに来たみたいだけど。通していいかな？」

おずおずと尋ねてくる紅葉に、私も子どもたちも「うん」と大きく頷いた。


「楓！」

玄関に上がるなり、出迎えた私を捕まえ強く抱きすくめる皇樹さん。

「捜したよ。また君が俺の前から姿を消してしまう気がして」

「……もうしません、そんなこと」

疑ってしまった自分を反省する。彼の気持ちを誤解して、勝手に距離を置いて——

もう何度そんなやり取りを繰り返してきたことか。

「皇樹さんを信じる子どもたちを見て、勇気が湧いたんです。怯えて逃げるんじゃなくて、信じて待たなくちゃって」

廊下のうしろからバタバタという足音が響いてくる。

「あー！　パパとママがぎゅーしてる！」

「かのんも～！」

子どもたちが飛んできて、自分も自分もと、ぎゅーをせがむ。

「ああ。ふたりとも。大好きだよ」

皇樹さんは私を中心に子どもたちふたりを両腕で包み込んだ。

紅葉があとからゆっくりとやってきて「あー……」と気遣わしげに声をあげる。

「柚希、柑音。久しぶりにボールのお部屋に行こうか。そういや新しいおもちゃがあるって聞いたなあ」

紅葉の言うお部屋とは、このマンションに併設《へいせつ》されているキッズルームだ。ふわふわのボールや、幼児用の絵本、ブロッククッションなど、共用のおもちゃが置かれている。夫婦の様子を察して、話し合う時間をくれようとしているのだろう。

子どもたちはガバッと振り向き「いくー！」とはしゃぎ始める。

「パパとママはー？」

「いっしょにいく？」

「ママは疲れてるみたいだから、パパと一緒にお留守番してもらおう。帰ってくる頃には、きっとママもパパもにっこにこだよ」

紅葉の言葉に子どもたちはすんなり納得する。

「パパ。ママをたすけてくれるんでしょ？」

「ママ、かなしいの。げんきにして？」

ふたりからお願いされて、皇樹さんは「わかった」と深く頷いた。

「大丈夫だ。パパが絶対にママをにこにこにするから。安心して遊んでおいで」

「うん！」

「いってきます！」

私たちに手を振って子どもたちが玄関を出ていく。

「紅葉、ありがとう」

そう声をかけると、彼は「どーぞごゆっくり」と困ったように笑って玄関のドアを閉めた。

残された私たちは、お互いの顔を見合わせて、あらためて抱きしめ合った。

「二度と離さないなんて誓っておいて、もう何度、楓を不安にさせたかわからない」

「私も。何度皇樹さんを疑ってしまったか。ごめんなさい、さっきは逃げ出してしまって」

皇樹さんはゆっくりと体を離し、やるせない眼差しで私を見つめる。

「やっぱりあの場にいたんだな」

視線を逸らし、小さくうつむく。あのときのことを思い出すと、まだ胸の奥がじくじくと痛むけれど、現実から目を逸らして逃げるような真似はもうしたくない。

「彼女のことを、教えてくれませんか」

皇樹さんは静かに頷いて、私をリビングのソファに連れていった。

「――彼女は、追い詰められていたのだと思う。父親の期待を背負い、ハワード家の娘としての役割をまっとうしなければと。俺から気に入られれば父親が喜んでくれると信じていた」

皇樹さんから事情をすべて聞いた。縁談の話はすぐになくなり、ハワード家との取引も白紙になった。しかし、それでも強引に縁談を推し進めようとする人間がいる……。

「彼女とは一度挨拶をしてそれきりだ。恋愛関係はもちろん、体の関係もない。信じてくれとしか言いようがないが――」

「大丈夫。皇樹さんの話を信じています」

私は彼を信じると決めたのだから、彼の言葉こそが真実だ。

「皇樹さんが、今私を愛してくれているというのなら、それだけを信じます」

しかし、彼は納得いかないようで「待って」と私の肩を抱いた。

「その言い方だと、まるで俺が浮気を隠しているように聞こえるんだが」

「そこまでは……思ってませんけど」

「今、迷った？」

「ま、迷ってません……！」

本当はちょっとだけ迷った。疑《うたぐ》り深さは生来の性格のようで、信じていると言いながらも心のどこかで引っかかってしまうのだから質が悪い。

「……本当に、愛しているのは楓だけなんだ」

私を抱き寄せ、額をこつんとぶつける。そんなまいっている彼をかわいいと感じてしまう私は、ちょっぴりいじわるなのかもしれない。

「楓。ピンク色の薔薇をプレゼントしたあの日から、君以外の女性を見たことなんて一度もないよ」

「ありがとう、ございます。……私も、同じです」

許嫁という存在を認識したあの日以来、ずっと彼だけを見てきた。目移りしたことなど一度もない。

鼻先にちゅっと慰めのような口づけが降ってくる。観念して彼の肩口に顔を埋め、身を預けた。

「ちゃんと信じていますから」

こうして彼の体温を感じていれば、不安が和らぐ。彼を一心に愛していられる。

しばらく彼の温もりで心を落ち着けて、ようやく冷静になったところで。

「……あの、メアリーは大丈夫でしたか？　ちゃんと帰れましたか？」

またひとつ、心配事を思い出して顔を上げた。

「彼女、道に迷っていたんです。もしかしたら、また——」

「大丈夫、彼女はちゃんと車に乗せて送り届けたから。帰国の便も手配したよ」

心配はなさそうで安堵する。皇樹さんはくすりと笑って私の頭を撫でた。

「まったく君は。もしかしたら恋敵になっていたかもしれない女性のことまで心配するなんて」

「だって彼女、一生懸命でしたから。皇樹さんに会うために、ひとりで日本に来て、日本語もあんなに練習して——」

「そうだね。だから俺は、メアリーを追い詰めた彼らが許せないんだ」

彼の口ぶりから、静かな怒りを感じ取る。皇樹さんは、いったい誰に憤っているのだろう。

「それは……政略結婚を強いた、彼女のお父様？」

「それだけじゃない。彼女を利用しようとした人間がほかにいる」

すっと細くなる眼差し。その表情から、彼のよく知る人物が犯人なのだと悟る。

「あの家の住所をメアリーに教えたのは洸次郎さんだ。会いに行くべきだと、唆したのだろう。とっくに断ったはずの提携や縁談についても、まだ強引に推し進めようとしている」

「でも、どうして？　提携は、条件が合わなくて白紙になったって言ってましたよね？　これ以上、推し進めるメリットなんて……」

「もはや久道グループのためではないよ。彼は自分の利益しか考えていない」

鋭い眼差しが力を持って輝き始める。それは皇樹さんがなにかを決意したときに見せる目だと、私はよく知っている。

「楓。洸次郎さんとケリをつけようと思っている。信じて待っていてくれないか？」

「もちろんです」

私はいつだって皇樹さんを信じて待つ。もう迷わない、だって私は彼の妻なのだから。今なら胸を張ってそう言える気がした。

しばらくすると、紅葉と子どもたちが帰ってきた。

「ただいまー！」

「ママ、げんきになった？」

私はにっこりと笑って「うん」と、ふたりの頭を撫でる。

柚希も柑音も安心したようで「ママ、にっこりだね」「パパ、たすけてくれたね」と頷き合っている。

「じゃあ、帰って夜ご飯にしようか」

私がそう切り出すと、子どもたちが慌てたようにぴょんぴょんした。

「きょうはおとまりでしょ！」

柚希に言われて、ハッと口もとを押さえる。

「そうだった……。今日はここにお泊まりするって、つい約束しちゃったの……」

そんな私を見て、皇樹さんが苦笑する。信じているなんて強気なことを言いながらも本当は、実家ならぬ弟のもとに帰らせていただきます状態だったのがバレてしまった。

「じゃあ、明日の朝、車で迎えに来るよ」

「すみません、よろしくお願いします……」

結局は彼に甘えることになるのだから、身も蓋もない。

「とりあえず、皇樹さんも夕食くらいは食べていってくださいよ。両親説得してくれたお礼もしたいですし」

いつの間にか紅葉はエプロンを装着済みで、腰ひもを結びながらキッチンに入っていく。そのあとを追いかけていくのは子どもたちだ。

「きょうのごはんはカレーだよ！」

「もみじにいちゃんが、つくってくれるの」

声を揃えるふたり。

「もみじにいちゃんとパパ、どっちがじょうず？」

「どっちがおいしい？」

どうやら子どもたちは、パパのカレーと紅葉のカレーのどちらがおいしいか、ジャッジするつもりのようだ。

「紅葉。挑発に乗らないほうがいいよ。皇樹さん、お料理上手だから」

「えっ……カレーって誰が作っても同じじゃないの？」

私は首を横に振る。料理にはさりげない気遣いが表れるものだ。

「……金持ちで料理まで上手って、どんなチート？」

「皇樹さんはスパダリなの」

私たちの真似をして子どもたちまで「ちーと」「すぱらりー」と連呼している。

皇樹さんは「変な言葉を子どもたちに聞かせないでくれ」と額を押さえた。

数日後。皇樹さんを通じてメアリーから連絡が来た。彼女はすぐに帰国せず、日本観光をしているよう。仕事の合間に少しだけ会えないかと提案された。

昼休憩中に抜け出して待ち合わせのカフェに向かうと、すでに彼女が席について待っていた。今日は艶やかな着物姿だ。日本を満喫している様子にホッと胸を撫で下ろす。

私を見つけると、にこにこしながら手を振ってくれた。落ち込んでいるかもしれない、そう皇樹さんから聞いていたけれど、彼女は初めて会ったとき同様に元気いっぱいで安心する。

「連絡をくれて、どうもありがとう。その着物、とても素敵ですよ」

そう言って正面に座ると、彼女は細長い箱を差しだしてきた。

「初めての日本を、悲しい思い出にしたくなかったデス。楽しい思い出、作りマシタ」

「これは……私に？」

そう確認して箱を開けると、中には箸が二膳。木目の綺麗な黒い箸と赤い箸が並んでいて、箸頭には『楓』『皇樹』と名前が彫られていた。

「わぁ、立派なお箸！　名前まで」

「お礼デス。カエデには、道を教えてくれたお礼。コウキには、私を自由にしてくれたお礼。私もお揃い、持ってマス」

そう言ってバッグから和柄の箸袋を取り出す。中には白木の箸が入っていて、『芽愛梨』の文字。愛らしい当て字にほっこりする。

すると、急にメアリーがかしこまり腰を折った。

「カエデ。すみませんデシタ。コウキの本物の妻だと知らないで、私、とても失礼を……」

「いいの！　私こそ、その場で言えなくてごめんなさい」

「それはきっと、私を傷つけないためデスネ？　カエデはとても親切で、優しいヒト。迷子の私に、声をかけてくれマシタ」

顔を上げた彼女は、どこか悲しげな笑みをたたえ、自身の胸に手を当てた。

「私はコウキを愛していると言いマシタ。けれど本当は、彼を愛していたのか、自分を愛していたのか、わからナイ。パパに、認めてもらいたかったのかもしれナイ」

皇樹さんも言っていた。彼女は追い詰められていたのだと。良家の娘として定められた相手と結婚できるよう、必死に頑張っていたのだろう。

「だからせめて、コウキの役に立ちタイ。私にできること、しようと思いマス」

メアリーは胸の前の手をきゅっと握って、なにかを強く決意するように目に力を込めた。

＊＊＊

その日、俺は帰国を延期してくれたメアリーを連れて、秘書とともに叔父が代表を務めるグループ会社のひとつ、久道運送を訪れた。

緊急の訪問にもかかわらず、彼はすぐに時間を作ってくれた。ハワード家のご令嬢の来訪に応じないわけにもいかなかったのだろう。

彼は俺たちを社長室に通し、接遇用のソファに促した。まずはプライベートな話になるので、秘書には下がっていてもらう。

『お久しぶりです、メアリー嬢。わざわざ日本に足を運んでいただけるなんて光栄だ』

叔父が流暢なイギリス英語で挨拶をする。メアリーは俺の前でするあどけない女性の振る舞いから一転、良家の令嬢の顔になった。

『あなたが私に訪日するよう促したのでしょう、ミスター・サンジョウ。ですが、とんだ恥をかきました。まさかコウキがすでに結婚していたなんて』

ぴくりと眉をひそめる叔父。『それは誤解だ』と弁解して正面のソファに腰を下ろした。

『まだ結婚などしていない。そうだよね、皇樹?』

『ですが近々婚姻するとメアリーには伝えました。この際ですから、ぜひ洸次郎さんにも証人になっていただきたい』

俺は懐から婚姻届を取り出す。折り畳まれた用紙を開き彼の前に置いて、証人欄に人差し指の先を乗せた。

すでに証人として一名、名前が記されている。その署名を見て、叔父が目を剥く。

「近堂親臣だと?」

証人になってもらったのは、近堂ホールディングスの会長だ。

『困ったらいつでも言いなさい。一度くらいは貸し借りなしで力になる』――会長のご厚意に甘え、署名をお願いした。財界の重鎮と名高い彼が認めた結婚となれば、異議は唱えられないだろう。

叔父は口の端を撥《は》ね上げ、「……小賢しい真似を」と日本語で呟いて舌打ちした。

『皇樹、久道グループのためにも署名はできない。私は、君の結婚相手はメアリー嬢が相応しいと思っている』

『まだそんなことを言っているのですか。我々は早い段階で、ハワードグループとは提携しないと答えを出していたはずです。その決定をハワード氏に伝えず、メアリーを唆すとは』

『唆すとは穏やかじゃないな。私は今でも提携を結ぶべきだと思っているよ。久道グループのさらなる躍進に繋がるからね』

『あの不利な条項を見てそう判断したのなら、今すぐ経営を辞めたほうがいい。結局、あなたは自分の立場を有利にしたいだけだ』

俺は手を掲げ秘書を呼びつける。秘書がタブレットを持ってきて、画面を叔父に提示した。

『あなたが内々に作成していた、ハワードグループとの契約書だ。うちを売り飛ばそうとでもしていたんですか？』

機密文書が俺の手に渡っていたことに驚いたのか、叔父は神経質に片眉を上げる。

「……身に覚えがないな」

悩んだ末、日本語で答えたのは、メアリーに聞かれたくなかったからだろう。当のメアリーは、日本語でもそれなりに聞き取れているのだが、当然叔父は知らない。

「あなたの秘書がすべて白状してくれました。帳簿にない内々の金の動きや、株の取引に関する裏工作まで。告発されれば、ただじゃ済みませんよ」

「信憑性に欠ける。どうせ確固たる証拠などないのだろう」

しらを切り通せると思っているのか、叔父は口もとに薄く笑みを浮かべて一蹴《いっしゅう》する。証拠を完璧に隠滅した自信があるのかもしれない。

「仮にそれが本物だとして、ならばどうする？　私が不正を働いた証拠を表沙汰にすると？　身内の不祥事が世に出れば、皇樹、お前も一緒に責任を取らされて代表の座から降ろされるぞ？」

「洸次郎さんをグループ会社の代表に任命したのは父です。もうこの世にはいないのだから、責任の取りようもない」

まさか亡き父親に責任をなすりつけるとは思わなかったのか、叔父が嫌悪感丸出しで顔を歪める。

「父親に汚名を着せる気か……！」

「自身が汚名を被ることで久道グループが浄化されるなら、父も本望でしょう」

「とんだ親不孝者だな、お前は！」

テーブルに拳を叩きつける。ようやく本性を現し始めた叔父に、メアリーが静かに告げる。

『ミスター・サンジョウ。私たちハワードグループとしても大変遺憾です。仲介役であるあなたが我々を騙していたことに、お父様は激しく憤っています』

秘書がタブレットを持ち上げ操作する。再びテーブルの上に立てかけると、画面にはメアリーの父親でありグループの代表を務めるハワード氏が映し出されていた。

『は……？　ハワード氏……？』

タブレットを通じてリモートで繋がっていることに、叔父が動揺する。

『ごきげんよう、ミスター・サンジョウ。早速だが、説明してほしい。娘に〝クドウと結婚すれば、私の役に立てる〟と吹き込んだそうだな』

叔父の顔から血の気が引く。

ハワード氏とは事前に話をした。彼は政略結婚など微塵も望んでいないそうだ。

メアリーは叔父の巧みな言葉に騙され、俺と結婚すれば良家の長女としての役割が果たせると誤解した。それを知ったハワード氏は激しく憤り『直接、ミスター・サンジョウと話をさせてほしい』と願い出たのだ。

『私はクドウが娘との縁談を強く望んでいるというから了承しただけだ。それも〝娘がクドウを気に入るなら〟という条件付きで。私は娘に、自由な結婚をしてほしいと願っている』

『それは……もちろんです！　メアリー嬢は皇樹を気に入っているようでしたから、

背中を押しただけで』

『確かに私は、我々の傘下に入るよう久道グループの経営陣を説得できたならば、その報酬として指揮権は君に預けると言った。だが説得するために娘を唆し、その気のない男と結婚させようとするなど言語道断だ』

怒りをにじませるハワード氏。

彼は久道グループと提携を結びたかったわけではない。吸収を望んでいたようだ。

『どうりで。いくら条件を擦り合わせても平行線なわけです』

俺はソファをぐるりと回り込んで叔父のうしろに立ち、カメラに映る位置へ移動した。

『お久しぶりです、ハワード氏。久道です。私はあなた方と対等の提携を希望しています』

『ごきげんよう、ミスター・クドウ。ふむ、対等か。それでは我々に旨みがないね。わざわざ手を組む必要性を感じない』

『では、我々が今後、アメリカのロッドウッド社と協力関係を結ぶと言ったらどうです？』

『ほう？』

ハワード氏が腕を組み唸る。

『二社が手を組めば、確かに我々の脅威になりえる。いいだろう。条件によっては提携に応じよう』

想定通りのリアクションに安堵する。しかし、ハワード氏は『だが』と付け加えて、カメラのこちら側を指さした。

『娘を唆そうとした、そこの男を経営陣から外してくれ。それが、我々が提携を検討する条件だ』

叔父が身を強張らせる。俺は『もちろんそのつもりです』とディスプレイの奥にいる彼に向けて答えた。

叔父は愕然と身を乗り出し、タブレットに食らいつく。

『そんな……あんまりだ！　私がトップに立った久道グループを、傘下に収めたいとおっしゃっていたじゃありませんか！』

『約束を破ったのは君のほうだ。大口を叩いた上に、娘まで騙すとは』

ディスプレイの奥の目は冷ややかだ。軽蔑しきった眼差し――もはや、叔父を商談相手とは見ていない。

『待ってください、ハワード氏――』

なおも食らいつこうとする叔父の肩に手を置いて制止する。

「いい加減にしてください、洸次郎さん。これ以上、ハワード氏の機嫌を損ねないでいただきたい」

叔父の血走った目がこちらに向く。しかし、俺の目がハワード氏以上に怒りを宿していることに気づき、言葉を失う。

「身勝手な野心で他人を騙し、不正を働き、結果、我々久道グループ全体を危機に晒している。同情の余地もない」

メアリーはもちろん、楓まで騙し、彼女と子どもたちの三年間を奪った。その罪は到底償い切れるものではないし、誰が許そうと、俺は決して許さない。

「引き際です、洸次郎さん。あなたはやり方を間違えた」

叔父はソファに腰を落とし、がっくりと項垂れる。観念したのか、生気のない目で床を見つめたまま固まった。

俺はハワード氏に向けて、『貴重なお時間をいただき感謝します』とお礼を伝える。

『後日、提携に向けて検討しよう。その男抜きで』

ハワード氏はそう返答し通信を切る。メアリーもこれ以上話すことはないと言わんばかりに立ち上がった。

彼女のあとを追いかけ、俺は項垂れる叔父の脇をすり抜ける。

「あなたの処遇については取締役会にかけます。……辞任する意向がおありでしたら、連絡をください」

背中を向けたままそう声をかけ、メアリーと秘書を連れ立って社長室を出た。

＊＊＊

その日の夜。皇樹さんが帰ってきたのは二十二時過ぎで、子どもたちはすでに眠っていた。

玄関の扉の開く音に気づき出迎えると、皇樹さんは私の顔を見るなり強く抱きしめ、感極まった声で「ただいま」と言った。

「おかえりなさい、皇樹さん……なにかあったんですか？」

「すべてが片付いたよ。もう俺たちの結婚を阻《はば》む者は誰もいない」

洸次郎さんやメアリーのお父様と話をつけてきてくれたみたいだ。ようやく心が軽くなった気がして、抱擁に応じる。

「私、皇樹さんの隣にいて、いいんですね」

かみしめるように呟くと、彼が「当然だ」と頷いた。

「楓はずっと不安に思っていたようだけど。誰が俺に相応しいとか、そういう問題じゃないんだ。俺が君を選んだ。楓じゃなきゃ、意味がないんだ」

いつになく情熱的な言葉をかけられ、体がふわりと浮き上がったような感覚になる。幸せすぎて、膝の力が抜けてしまいそうだ。

「楓。俺の妻になってくれ。君のいない未来なんて、もう考えられない」

ストレートな求婚が胸に突き刺さる。日に日に情熱的になっていく彼が、愛おしくて仕方がない。

「私も。もう皇樹さんのいない未来なんて、考えられません」

「もう離さないと誓う。今度こそ、絶対に」

切なげな声をあげ、私の唇を奪う。とうとう膝の力が抜け、廊下にへたり込んでしまった。そんな私に覆いかぶさり、彼は足りないといわんばかりに口づけを深める。

「ありがとう。皇樹さん。私を妻に選んでくれて」

彼の許嫁になれてよかった、彼に愛してもらえてよかった。迸《ほとばし》る愛情を抱きしめ、その幸運をかみしめた。

エピローグ

一年後。私たちは念願の結婚式を挙げた。

都内にある格式高いホテルでの大規模挙式。出席者は皇樹さんの親族や仕事の関係者が大半を占めるが、その中に洸次郎さんの姿はない。

彼は脱税、および株の不正取引で起訴され裁判中だ。大人しく罪を認めたことで長期の拘留は免れたが、当然責任を取る形で役員から除名された。

親族からの逮捕者、しかも久道グループが運営する会社での不正が明るみに出て、代表である皇樹さんは謝罪や対応に追われたが、真摯な姿勢が功を奏したのか、経営に大きな影響は出ずに済んだ。

皇樹さんは一度、洸次郎さんと面会をしたそうだが、若々しかった見目はすっかり変貌し、見る影もなかったという。白髪交じりの頭髪に落ちくぼんだ目、もともと細身だった体形は病的なまでに痩せていたそう。

充分すぎるほど反省した姿に、皇樹さんは「もう叔父は罪を犯さないだろう」と感じたそうだ。

残念なニュースもあれば、いいニュースもある。アメリカのロッドウッド社、そしてイギリスのハワードグループとの提携に成功し、久道グループの経営規模がいっそう拡大。皇樹さんは代表としての地位を盤石《ばんじゃく》なものにした。

今日の結婚式には、ハワードグループから代表のハワード氏とその娘のメアリーが参列してくれている。婚約の件ですれ違いはあったものの、皇樹さんとハワード氏の関係は良好なようだ。


その日、まず初めにホテルの敷地内にある神殿で神前式が行われた。私は白無垢《しろむく》を、皇樹さんは黒の紋付《もんつ》き羽織袴《はおりはかま》を着て、子どもたちも合わせて和装をしている。

もうすぐ四歳になる柚希と柑音。ふたりとも着物を「かっこいい」「おひめさま！」と気に入ってくれた。パパ似の黒く艶やかな髪、大きな漆黒の目が和装によく映えて、周囲からも似合うと大好評。

厳かな神前式で大人しくしていられるかと心配だったけれど、柚希は紅葉に手を握られ、柑音は蓮兄に抱っこしてもらい、無事に式を終えた。

次に行われる披露宴を前に、控室に来てくれたのは紅葉と蓮兄。子どもたちも一緒だ。蓮兄はスーツ姿、紅葉は珍しく和装で羽織袴を着ている。

「「ママー！」」

子どもたちは裾が長くてちょっぴり歩きづらそうにしているが、それすらも楽しいみたいだ。

「ふたりとも、もうすぐお着替えだよ」

私と皇樹さんがウエディングドレスとフロックコートにお色直しするのに合わせて、子どもたちもドレスとスーツに着替えてもらう予定である。

柑音が目をキラキラと瞬かせる。

「おひめさまのふく、もってきてくれた？」

今日のために仕立てたピンク色のドレスを柑音は楽しみにしている。

「もちろん。柚希はスーツだね」

「ゆず、リボンはヤだよ」

「ちゃんとパパみたいなネクタイにしたよ」

「やったぁ」

ぴょこぴょこと控室を飛び回る子どもたち。喜んでもらえて安心した。

そんな中、紅葉は「ここには姉ちゃんだけ？　皇樹さんは？」と辺りを見回す。

「あっちの控室で近堂会長やハワード氏とお話ししているの。私もさっき、ご挨拶し

「ああ、なるほど」

あの有名な近堂ホールディングスの会長が仲人を務めてくれた。皇樹さんのお父様のご友人で、皇樹さんにとってはお父様に次いで目標にしたい人物なのだそう。

一年前、私たちが提出した婚姻届にも証人として署名してくださった。

「私はこのあと、ヘアメイクの準備に呼ばれるらしいから、あちらでゆっくりしててもらおうと思って」

「そっか。じゃあ、俺たちも子どもたちと一緒に外に――」

そう言って彼らが部屋を出ようとしたそのとき、コンコンとドアをノックする音。

「はい、どうぞ」

私が声をかけると、「失礼シマス」と言ってドアを開けたのはメアリーだった。

髪を結い上げ、薄紫色の振袖を纏っていて、とても艶やかだ。

「カエデ！　さっきの白いドレス、とても素敵デシタ！　神前式、素晴らしいデス！」

「あのドレスは白無垢っていうんですよ」

「シロムク！　私もいつかシロムクで結婚式がしたいデス」

以前よりもぐんと上手になった日本語で、興奮気味に伝えてくれる。

「喜んでもらえてよかった。それにしても、本当に日本語が上手になりましたね」

「カエデとお話ししたくて、日本語練習してマス。それに今は日本語の先生もいマス」

メアリーがちらりと目線を横に移動する。そこには蓮兄と会話中の紅葉がいて、ふとメアリーの視線に気づいてこちらを向いた。

「やあ、メアリー。その着物、似合ってるよ」

さらりと挨拶する紅葉。相手はイギリスの、格式高い家柄のご令嬢なのに、我が弟ながらふてぶてしさにびっくりする。

以前、我が家にメアリーを招いたら、居合わせた紅葉と意気投合したようで、気がつけば親しくなっていたのだ。

「ありがとう。モミジが選んでくれたおかげデス」

「モデルがよかったんじゃない？」

横で聞いていた私は、笑顔のまま頭に疑問符を浮かべる。今の会話は、どういう……？　不思議がっている私に、メアリーが照れくさそうに説明してくれる。

「カエデ。この着物、モミジに見立ててもらいマシタ」

「えっ。あっ、そうなのっ？」

初耳だ。というか、見立てたってなに？　あ、だから紅葉まで和装をしているの？

もしかしてお揃い？

いつの間にそこまで仲良くなっていたのか、そもそも連絡先を交換していたことすら知らなかった。もしかして、さっき言ってた日本語の先生って紅葉のこと？

ぽかんとする私をよそに、すでに紅葉とメアリーは「髪型も素敵だね」「本当デスカ？　結ぶか、下ろすか、とても悩みマシタ」「そのほうが絶対かわいいよ」とふたりだけの世界に入っている。

仲睦まじい様子を見守っていた蓮兄が、私に向けてぽつりと漏らした。

「我が家で独身は俺だけになるかもな」

しっかりしていて高収入で顔もそこそこなのに、なぜか縁に恵まれない兄が、ちょっぴり寂しそうな顔をする。絶対にいい旦那さんになるだろうに、世の中ってなかなかうまくいかないものだ。

「頑張って、蓮兄。かわいいお嫁さん見つけてね」

私がきゅっと腕に力を込めると、蓮兄はまいったように苦笑した。

「まあでも、よかった。父さんも母さんも紅葉も楓も、全員揃って式を挙げられてさ」

蓮兄が感慨深く呟く。一度は勘当された私も紅葉も、今はもうわだかまりはない。

「本当に。この姿をお父さんとお母さんに見せられてよかった」

突然子どもを作って家を出た私は、もしかしたら親不孝者なのかもしれない、そう思っていたから。こうして式を挙げられて、みんなに祝福されて、柚希と柑音を愛してもらえて、本当によかったと心から思う。

そのとき「失礼いたします」とノックの音が響いた。

「御支度のお時間です」

「はい、今そちらに行きます」

私はもう一度、子どもたちをふたりに頼み、別室に向かった。


ヘアメイクを済ませ、ウエディングドレスに着替え終えたときには、すでに皇樹さんは光沢が上品なホワイトのフロックコートを纏っていた。

「楓。綺麗だよ。本当に」

私が着ているウエディングドレスは、ウエストから裾にかけての大きなフリルが特徴的。上質な生地を贅沢に使った、ノーブルな印象の一着だ。

子どもたちはドレスとスーツに着替え、両親たちと一緒に席で待っている。

私と皇樹さんは揃って披露宴会場の扉の前に立ち、今まさに入場しようとしているところだ。

「ありがとう、皇樹さん。こんなに素敵なドレスを着られる日が来るとは思わなかった」

「……綺麗だって言ったのは、ドレスじゃなくて楓自身だからな？」

あらためて口にされると恥ずかしくて、メイクの上からでもバレてしまいそうなくらい頬が熱くなる。

「それに、感謝してるのは俺のほうだ。楓がそばにいてくれたから、今の俺がいる」

私の手を皇樹さんがそっと握る。会場から漏れ聞こえてくる華やかなウエディングファンファーレ。

「もう不安はなにもないよ。みんなが俺たちを祝福してくれている」

ゆっくりと開いた扉から、光が差し込んできて私たちを照らし出す。

「ねえ皇樹さん。私、今、人生で一番幸せです」

彼と別れを決意した日を思えば、みんなから祝福されて夫婦になれたこの瞬間が、奇跡のように感じられた。

「……楓。幸せに上限なんてないと思わないか？」

会場に向けて一歩を踏み出しながら、皇樹さんがそっと囁く。

「これから、さらに幸せになる。一日一日と過ごすごとに、幸せが増していく。俺が、必ず楓をもっともっと幸せにするから」

頼もしい横顔が、最高の未来を約束してくれる。左手の薬指には、かつて彼がくれたダイヤの婚約指輪。

あの日の約束通り、彼は私を世界で一番幸せな花嫁にしてくれた。


挙式を終えて二カ月。今日は柚希と柑音の四歳の誕生日だった。

柚希にはサッカーボールとトレーニングシューズを、柑音にはピアノをプレゼントした。ふたりともごちそうとケーキを食べて大満足で眠りについた。

二十二時、シャワーを浴び終えた皇樹さんをリビングのソファで待ちかまえる。

「皇樹さん、あのね。話したいことがあって」

神妙な面持ちで切り出すと、察しのいい彼はすぐに気づいてくれた。

「もしかして……できたのか？」

念願の赤ちゃん。結婚式が終わったあたりから、私たちは妊活を始めていた。

今日はお祝いなのにシャンパンを飲まなかったのは、それが理由だ。いつ妊娠しても大丈夫なように、この二カ月、私はもちろん、皇樹さんも私に付き合ってアルコールを避けてきた。

とはいえ、こんなにスムーズに妊娠するなんて、彼だって思っていなかったはず。

私は興奮を抑えて、深刻な顔でこくりと頷く。

「ちょっと待って。まず、抱きしめさせて」

皇樹さんがローテーブルを回り込んできて、私の隣に座った。

「楓。愛してる。どれだけ抱きしめても足りないくらい愛してる」

興奮しているのは彼も同じらしく、熱烈な抱擁に情熱を押し込めてくる。とはいえ、お腹周りの力の入れ方がふんわりと優しくて、そんな冷静さは彼らしい。

「私も、愛してる。全部皇樹さんのおかげよ。それから、柚希も、柑音も、お腹の子どもたちも、みんなみんな愛してる」

ぴくりと皇樹さんが反応する。私の言い方に引っかかりを覚えたのだろう。

「……今、『お腹の子どもたち』って言った？」

驚いた顔で私の肩をさすり、視線を落とす。まだ全然膨らんでいないお腹は、うんともすんとも答えてはくれないけれど。

「……うん。また双子みたい」

私がお腹の子どもたちの代わりに答えてあげる。一気に四人兄弟、姉妹になりそうだ。確かに二卵性の双子は遺伝するとはいうけれど、連続で双子が生まれる確率はかなりのものである。

「控えめに言っても最高すぎる」

驚きと興奮が度を越えたのか、もはやよくわからない表現で私を抱きしめる皇樹さん。しかし、なにかに気づいたようで、ハッと深刻な顔をした。

「や、ちょっと待て。それって、楓の体的に大丈夫なのか？　ただでさえ双子の出産は難しいんだろう？　それを連続でって」

「うん。普通に比べたら双子はリスクが高いみたいなんだけど。もちろんこれからいろいろ検査して予定を立てていって――」

言い終える前に皇樹さんが私の両肩に手を置いて、深く頭を垂れる。

「双子は嬉しいが……楓の体が心配すぎる」

素直に喜んでいいのかわからず、ため息をつきながら項垂れている。

「でも、産まないなんて選択肢はないでしょう？」

「……それを言われると、なにも言い返せない」

私も彼も心は一緒だ。このふたつの命を、絶対に産み育てたい。

「楓。全力で支える。なんなら日本一腕のいい産婦人科医を連れてくる」

「そこまでしなくても大丈夫」

本当に実行しそうな彼を苦笑いしながらなだめ、その頬に手を当てる。

「産ませて。私、皇樹さんとの愛の証がたくさん欲しい」

私の手を握り込み、彼が柔らかく目を細める。

「今度こそ、楓の出産に立ち会える。一番そばで支えられる」

柚希と柑音の赤ちゃんの頃を、皇樹さんは写真でしか知らない。

だから、この世に生まれ落ちた瞬間の泣き声を聞かせてあげたい。その手に、あの小さな体を抱かせてあげたい。

ようやく赤ちゃんの温もりに触れさせてあげられるのが、私も嬉しい。

「弟や妹ができるって言ったら、柚希と柑音はどんな反応をするかな」

「絶対喜ぶわ。欲しいって言ってたもの」

家の中が今以上に賑やかになるだろう。幸せな予感しかない。

彼の唇が私の頬に触れる。ちゅっと甘い音を響かせながら。

仕返しとばかりにキスをすると、お腹の赤ちゃんたち丸ごと彼の腕に優しく包み込まれた。

END

特別書き下ろし番外編

ママはみんなに甘やかされて

挙式の翌年。夏には家族が六人になった。無事に双子の男女を出産。女の子を杏《あん》、男の子を葵《あおい》と名付けた。

ふわふわした茶色い髪と目。色素の薄い白い肌。二組目の双子は私にそっくりだ。でもこの頃の顔はよく変わるから、もう少ししたら皇樹さん似のキリリとした目もとが現れるかもしれない。成長が楽しみだ。

出産から三カ月経った、とある日曜日の昼下がり。お昼寝明けの葵が大泣きした。慌てて抱き上げてあやす私。

しかし、泣き止む間もなく、杏までつられて泣き始める。

「あー、懐かしいなこの感じ。交互に泣くからキリがないんだよね」

そうソファの上で苦笑したのは、柚希と柑音の子育てを経験した紅葉だ。来日したメアリーと一緒に子どもたちに会いに来てくれた。

「でも、とってもかわいい。泣き顔もかわいいです」

上達した日本語でうっとりと漏らしたのは、紅葉の隣に腰かけているメアリー。

ふたりは交際を始めて一年になる。メアリーがまだ大学を卒業したばかりなので結婚の話は出ていないようだが、メアリー本人は「いつか紅葉と一緒に日本で暮らしたい」と言っていた。

「あれ。杏まで泣き出したのか？」

そう言ってキッチンから出てきたのは皇樹さんだ。トレーに紅茶を四つ載せている。

「わかったよ、すぐに行くから少しだけ待っててくれ」

ぎゃんぎゃん泣く杏に冷静に声をかけた皇樹さんは、トレーをローテーブルに載せ紅茶を四人の前に置くと、杏を丁寧に抱き上げた。動揺したり焦ったりしないところがさすがである。

「ママ、どこぉ？」「パパあ？」

お昼寝中だった柚希と柑音も泣き声で目を覚ましたらしく、リビングにやってきた。

子どもが四人になった今、家の中がとにかく賑やか。

柑音が私の腕の中の葵を覗き込みながら、「どうして、泣いてるの？」と尋ねてくる。赤ちゃんの泣く理由は様々だと、最近理解したようだ。

「今はお腹が空いてるみたい」

そろそろ授乳の時間だ。私の言葉に皇樹さんが反応する。

「じゃあ、楓が授乳している間にミルクを作っておくよ」

母乳だけでは足りないから、ミルクも併用しているのだ。

私は「ちょっと失礼するね」とソファに座る紅葉とメアリーに告げると、奥の授乳兼お昼寝部屋に移動した。

皇樹さんが杏を連れてきてくれる。私はソファでふたりを両腕にかかえて、同時授乳開始。皇樹さんはキッチンに戻り、しばらくするとふたつの哺乳瓶にミルクを入れて持ってきてくれた。

「こっちは大丈夫だから、リビングのほうをお願い」

柚希と柑音が起きてきた上に、お客様もいる。しかし皇樹さんは「紅葉くんが『姉ちゃんのそばにいてあげて』って」と隣に座り、ローテーブルの上にミルクを置いた。

「柑音はメアリーと折り紙してる。柚希は紅葉とゲームしてるよ」

上の子どもたちが、いい子にしているようでホッとする。ママとパパが忙しいとわかると、手を煩わせてはいけないと、幼心なりに気を遣ってくれるみたいだ。

「ふたりとも、弟と妹ができてから、すごく聞き分けがよくなったわね」

「お兄ちゃん、お姉ちゃんとしての自覚が出てきたんじゃないか？」

子どもたちがどんどん大きく立派に成長していくものだから、驚かされることばかりである。

「でも、成長したのは子どもたちだけじゃない。楓もさらに逞しくなった」

四人も育てていると、さすがに肝が据わってくるのか。あるいは、皇樹さんへの敬語をやめたから頼もしそうに見えるのかもしれない。

「ありがとう。褒め言葉……ってことでいいのよね？」

「もちろん。逞しい母親になった君を見て、毎日惚れ直してる」

手が塞がっている私の代わりに、顔にかかった髪を耳にかけてくれる。そして、頬にちゅっとキスを落とした。

私に微笑みかけたあと、目線を子どもたちに落とし苦笑する。

「こっちのふたりは、まだまだお腹が減って不機嫌そうだな」

葵と杏はおっぱいを飲み尽くしてしまったようで、まだ足りない、もっとちょうだいとばかりにぐずり始めた。

そんなときこそミルクの出番。私は葵を、皇樹さんは杏を抱いて、哺乳瓶を咥《くわ》えさせる。飲み干したあと背中を軽く叩いてげっぷをさせると、ふたりは揃ってウトウトしだし、眠ってしまった。

「楓も少し休んだほうがいい」

そう言って皇樹さんが子どもたちの横で寝るよう促す。

「私は大丈夫」

「昨夜も夜泣きが酷くてほとんど寝てないんだろ？」

そう言って私の隣に肘をついてころんと横になり、とんとんと背中を叩く。

確かに昨夜は細切れ睡眠でまともに眠れていない。その前の日も同じで、かなり疲労が溜まっている。けれど――。

「私が寝かしつけられちゃダメじゃない？」

「楓はすぐに無理するから、たまには甘えたほうがいい。ほら、目を瞑って」

皇樹さんが問答無用で私を胸もとに押し込んで頭を撫でる。

まだ元気、頑張れる、そう言いたかったのに、皇樹さんの温もりがあまりにも気持ちよく、三十秒程度でことりと眠りに落ちてしまった。

目が覚めたのは一時間半後、葵と杏が再びぐずり始めた頃だった。

その声を聞きつけて、リビングから駆けつけてきたのは皇樹さん。そのうしろには柚希と柑音の姿もある。

「柑音ねえちゃんが、杏を抱っこしてあげる。柚、頭もって！」

柑音が柚希に指示する。杏はまだ首が据わっていないので、柚希が頭を支える係だ。

「ママはつかれてるでしょ？　寝ててもいいよ」

柚希はそう頼もしく言い放ち、柑音とともに杏を抱いて部屋を出ていく。皇樹さんが苦笑交じりにやってきて、葵を抱っこした。

「さっき、リビングでみんなと話してたんだ。ママはすごく大変だから、みんなで手伝ってあげようって」

「それで……」

ふたりがなんだか妙に張り切っているので、おかしいなあとは思ったのだ。皇樹さんが葵を抱き支えながら、私の頭を撫でる。

「だから楓はもう少し横になっていて。夕食の支度ができたら呼ぶよ。大丈夫、葵と杏を見てくれる人が五人もいるから」

柑音と柚希もしっかりカウントされていたことに笑みをこぼし、私はそっと目を瞑る。

「楓に手を差し伸べてくれる人はたくさんいる。愛されてるな、楓は」

「でも、一番愛してくれてるのは、皇樹さんよね」

「もちろん」

温かな手が額を撫でる。彼に触れられていると、緊張が解けて体が軽くなるようだ。

「ありがとう。みんなの厚意に甘えるね」

「ゆっくりお休み。愛してるよ、楓」

頬に柔らかなキスの感触。注がれる愛情にうっとりと酔い知れながら、再び眠りに落ちた。


夕飯は子どもたちが大好きなお好み焼きだ。ローテーブルの上にはホットプレート。私が生地を敷き、皇樹さんがコテでひっくり返す。

メアリーは初めて食べたそうで、「すごくおいしいです！」と感動していた。

ちなみに、葵と杏は先ほど授乳を済ませ、隣の部屋ですやすや眠っている。

「柚希と柑音を産んだときも、姉ちゃんはめちゃめちゃ無理してたよね」

お好み焼きを食べながら、紅葉が漏らす。

「俺が子どもたちを見てるから休めって言っても、頑なに寝なかったもんなあ」

「それは……紅葉だって仕事があるし、頼りすぎたら悪いなと思って」

「甘えるのが下手だからな、姉ちゃんは」

そう心配する紅葉に、口を挟んだのはメアリーだ。

「今はコウキがいるから心配ないですよ。ユズキくんとカノンちゃんも、頑張ってました」

私が寝ている間、ふたりはいい子にしていたらしく、お好み焼きを食べながら、えっへんと胸を張る。

「メアリーの言う通りよ。皇樹さんが気遣ってくれるし、柚希と柑音もお手伝いしてくれるし。お母さんもたまに手伝いに来てくれるのよ？」

メアリーに賛同すると、紅葉はちょっぴり不満顔で引き下がる。

「だいたい、モミジってちょっとお姉さんが大好きすぎるところ、ありますね？　そういうの、シスコンって言うんでしょ？」

急なクレームに、紅葉がむぐっと喉を詰まらせる。「いやいや。待って⁉」と全力で反論した。

「シスコンなんかじゃないよ、俺！」

「でも、放っておくとカエデの話ばっかりです」

「や、違うって。え、なにそれ嫉妬なの……？　俺、こんなにメアリーを大事にしてるのに？」

メアリーの顔色をうかがう紅葉。予期せず尻に敷かれている様子を目撃してしまい、皇樹さんと顔を見合わせる。

子どもたちがひそひそと「しすこんってなんだろう?」「しらす……こんぶ……?」と首を傾げている。

皇樹さんは「シスコンかどうかは置いといて」と、ひとつ咳払いをした。

「今度こそ、全力でお姉さんを支えると約束するよ。紅葉くんに心配をかけるようなことはしない。だから安心してほしい」

突如真摯な表情で向き直った皇樹さんに、紅葉は照れくさそうに目を逸らしながら「あー……」と箸を置く。

「まあ、あんときは俺もひとりだったし、余裕があったんで姉ちゃんを助けてやれたんすけど——」

そう説明し、不意にメアリーの肩を抱く。

「今は守りたい人がいるんで、姉ちゃんに全力は注げないっす。だから、あとはよろしくお願いします」

初めて見る紅葉の真剣な顔に、思わず食べるのを忘れてしまった。

メアリーも驚いた顔で、ほんのり頬を染めながら紅葉の横顔を見つめている。

私の横で大人しくご飯を食べていた柑音が、柚希に向かって「ねえ、プロポーズかなあ？　結婚かなあ？」とひそひそ囁いている。おませさんになったものだ。

一方の柚希は興味がなさそうに「なにがー？」と声をあげた。柑音が「もう！」と怒って頬を膨らます。

「絶対に楓を幸せにするよ。四人の子どもたちも、必ず幸せにする」

真剣な目で答えた皇樹さんに、紅葉はふっと笑みをこぼす。

「まあ、皇樹さんほど安心して任せられる人はいないすよ」

「そう言ってもらえると嬉しいよ」

場の空気が和らいだ瞬間、柚希が「もっと食べたい～」と能天気な声を漏らした。

皇樹さんは「ああ、もう焼けたよ」とお好み焼きをコテで切り分ける。

私は出来立てのお好み焼きを口に運びながら、ふんわりと胸の温もりをかみしめていた。皇樹さんの頼もしい言葉も嬉しいし、紅葉に大切な人ができたのも嬉しい。

　やっぱり私の人生は幸せに満ちている。彼と巡り会えたあの瞬間から、ずっと右肩上がりだ。


その日の夜。紅葉はメアリーを連れて自宅に帰っていった。柚希と柑音はようやく自分の部屋で眠れるようになり、それぞれ就寝。

残るは葵と杏だ。授乳を済ませ、お腹がいっぱいになってウトウトし始めた彼らをパパとママのふたりがかりで寝かしつける。

「楓。夕食のときに話したことだけど」

皇樹さんが私の隣に横たわりながら囁く。

「少し紅葉くんが羨ましくなるときがある。俺の知らない楓を知っているから」

「そんなことを考えてたの？」

確かに私たちは双子だから、一般的な姉弟より結びつきが強いのかもしれないけれど、まさか弟に嫉妬していたなんて。

「それから、今になって怖くなるときがある。楓と離れていた三年間で、もし君が素敵な男性を見つけて、ほかの誰かのものになっていたらって。俺は自分で考えていた以上に、独占欲も執着心も強いらしい」

自分に呆れるように言う。思わずふふっと笑みが漏れた。そんなに私を好きでいてくれたなんて、喜びしかないから。

「でも、皇樹さんは自信を持っていたでしょう？　私がほかの誰かに惹かれることはないって」

「それが驕《おご》りだったかもしれないと、今さら反省しているんだ」

私の体に腕を回し、きゅっと抱きしめて切実な声を絞り出す。

「こんなにかわいい楓を、その辺の男たちが放っておくわけない。紅葉くんだって、本当にシスコンだったらまずかった」

「そんな……いろいろ買い被りすぎよ」

「自覚がないから困るんだ」

そう言って、ちょっぴり甘えたような膨れっ面をする。そんな皇樹さんがかわいくて、叱られているのを忘れてキュンとしてしまう。

「俺以外の男に、脇目なんて振らせない。楓は俺のものだよ」

……前言撤回。私を捕らえるような眼差しは、キュンなんてかわいいものじゃない。心臓が爆発しそうなほど格好いい。

「絶対に、絶対に幸せにする。それから——」

さらに私を強く抱きすくめ、焦燥すらにじませて誓う。

「頼まれたって、もう二度と離さない」

「それは私も同じよ」

彼の肩口に頭を預けて、懐に潜り込む。彼の胸の中は温かくて心地いい。すべての疲れや不安が吹き飛んでいく。

「ずっと一緒にいて。私とこの子たちを、愛し続けて」

「もちろんだ」

彼の唇が額で甘い音を奏でた。ちゅ、ちゅっと鼻先と唇にもキスの雨が降る。

今日はこのまま、彼の腕の中で眠ってしまおうか。

そんな誘惑に勝てそうになく、私はそっと目を閉じてこの身を彼に委ねた。

END

あとがき

こんにちは、伊月ジュイです。『御曹司様、あなたの子ではありません！～双子がパパそっくりで隠し子になりませんでした～』をお手に取っていただき、ありがとうございます。

本作のヒーロー・皇樹は溺愛気質で情熱的。ヒロイン・楓がなにより大切です。ですが愛情が加速しすぎることも。

これまでの作品のあとがきでも何度か書かせてもらいましたが、不器用だったり、ちょっぴり残念だったり、ちらりとウイークポイントが見えるヒーローが大好きです。

今作の皇樹も、過度にプラトニックかと思えば反動で暴走したり、たくさんの貢《みつぎ》物《もの》をしたり、どこか完璧でないヒーロー像は、伊月節だと思ってお許しいただけると幸いです。

また、シークレットベビーのお話はこれまでも何度か書かせてもらいましたが、双子ちゃんは初めて。せっかくなのでかわいらしい双子エピソードをたくさん盛り込もうと試行錯誤した結果、なぜか喧嘩っ早い双子に……。

子どもたちのドタバタエピソード、楽しんでもらえたでしょうか。

対照的に、楓と弟の紅葉は、とにかく仲のいい双子。とくに紅葉は番外編でシスコンと呼ばれています。そんな姉弟の関係性も楽しそうだなと思って描きました。

そして作品内では割と功労者なのに幸せになれていない蓮兄ですが、一部の書店や電子書店で限定配布されるショートストーリーの中で、少しだけ彼のその後について触れているので、もし機会があったら読んでみてください。

最後になりましたが、本作品に携わってくださった皆様、本当にありがとうございました。

表紙のイラストは鈴倉温先生。ベリーズ文庫既刊の『身代わり花嫁は若き帝王の愛を孕む〜政略夫婦の淫らにとろける懐妊譚〜』では、和服姿で艶っぽいヒーロー&ヒロインを描いていただきましたが、今作はハートフルな四人を繊細に描いてくださいました。素敵な表紙を本当にありがとうございます！

そしてここまで読んでくださった皆様にお礼を。本作が気分転換やリラックスの一助になれたら、少しでも幸せな気持ちになっていただけたら嬉しいです。

伊月《いづき》ジュイ

伊月ジュイ先生への
ファンレターのあて先

〒104-0031
東京都中央区京橋 1-3-1
八重洲口大栄ビル7F
スターツ出版株式会社　書籍編集部　気付

伊月ジュイ先生

本書へのご意見をお聞かせください

お買い上げいただき、ありがとうございます。
今後の編集の参考にさせていただきますので、
アンケートにお答えいただければ幸いです。

下記 URL または二次元コードから
アンケートページへお入りください。
https://www.ozmall.co.jp/enquete/IndexTalkappi.aspx?id=2301

御曹司様、あなたの子ではありません！
〜双子がパパそっくりで隠し子になりませんでした〜

2025年1月10日　初版第1刷発行

著　者　伊月ジュイ
©Jui Izuki 2025

発行人　菊地修一

デザイン　hive & co.,ltd.

校　正　株式会社鷗来堂

発行所　スターツ出版株式会社
〒104-0031
東京都中央区京橋1-3-1　八重洲口大栄ビル7F
TEL　03-6202-0386（出版マーケティンググループ）
TEL　050-5538-5679（書店様向けご注文専用ダイヤル）
URL　https://starts-pub.jp/

印刷所　大日本印刷株式会社

Printed in Japan

乱丁・落丁などの不良品はお取替えいたします。
上記出版マーケティンググループまでお問い合わせください。
定価はカバーに記載されています。

ISBN 978-4-8137-1686-0　C0193